雪本无色，有谁真见过香雪？苦苦追寻，只是因为它难吗？勇者不惧，知其不可而为之，这便成了向君他们的死穴。

题赠《香雪文丛》　壬寅 锺叔河

锺叔河先生为"香雪文丛"题词

册页上的记忆

CEYE SHANG DE JIYI

李华章 著

山西出版传媒集团 北岳文艺出版社
·太原·

图书在版编目(CIP)数据

册页上的记忆 / 李华章著. -- 太原：北岳文艺出版社，2025.1. --（香雪文丛 / 向继东主编）.
ISBN 978-7-5378-6984-3

Ⅰ. I267

中国国家版本馆CIP数据核字第2024H01E67号

册页上的记忆
CEYE SHANG DE JIYI

李华章　著

//

出品人
郭文礼

选题策划
谢　放

责任编辑
吴国蓉

书籍设计
张永文

篆　刻
李渊涛

印装监制
郭　勇

出版发行：山西出版传媒集团·北岳文艺出版社
地址：山西省太原市并州南路57号
邮编：030012
电话：0351-5628696（发行部）　0351-5628688（总编室）
传真：0351-5628680
经销商：新华书店
印刷装订：山西人民印刷有限责任公司

开本：787 mm × 1092 mm　1/32
字数：185千
印张：8.75
版次：2025年1月第1版
印次：2025年1月山西第1次印刷
书号：ISBN 978-7-5378-6984-3
定价：68.00元

本书版权为本社独家所有，未经本社同意不得转载、摘编或复制

总　序

香雪是广州地铁6号线的一个终点站名。近几年，常往返于6号线上，每每听到这个报站，总觉得有味。有时拿起一张地铁线路示意图，一个个站名过一遍，唯觉得香雪这名儿富有内涵，让人遐想。

记得还是二十世纪八十年代，曾参加一次文学讲座。一位诗人教导我们如何作诗，他顺口溜出几句写雪的诗："江山一笼统，井上黑窟窿。黄狗身上白，白狗身上肿。我就去打酒，一脚一个洞……"显然，前四句是唐人张打油的《雪诗》，后面恐怕是他随意发挥的。他说这首诗，好就好在全诗没有一个"雪"字，却把"雪"惟妙惟肖写了出来。作为一个客住之人，我对粤文化所知有限，不知当地是否有咏雪的诗篇遗存；即便有，也不会太多吧。

广州是个无雪之城。每年冬天，要看雪，只有北上远行。市郊有广州海拔最高的白云山，冬天偶尔也会飘几粒雪花，但落地即融化。香雪之名缘何而来？后来才知道是萝岗有一香雪公园。旧时，广州也有"羊城八景"之说，香雪自然名列其中。

羊城人喜欢雪,就因为无雪吧。

由广州人好雪,我联想到一个有趣的问题:凡生活中没有的东西,人们总是越想得到。譬如一个美好的愿望,其实就是一种精神诱导,或叫一种心理安慰剂,尽管如镜花水月,而有,总比无好。画饼还是要的。未来是美好的,现在吃苦受累,就是为了将来。天堂并不是虚妄的。然而,经验却告诉人们,越是根本不存在的事儿,越是大张旗鼓,堂而皇之,煞有介事,以期达到望梅止渴……我是个过了耳顺之年的人,河东河西,一生也算见过不少,如要追溯这传统,恐怕比我辈年长,只是觉得于斯为盛罢了。

香雪之所以拿来做了丛书名,也是一时想不到更合适的。至于能做到多大的规模,还真不好说。唯愿读者开卷有益,也愿香雪能带给人们不一样的遐想。

是为序。

向继东
二〇二二年三月于广州

目录

上辑　乡情集 …………………………………………1

二舅妈 …………………………………………………3

翡翠观音 ………………………………………………6

父亲二题 ………………………………………………10

干塘 ……………………………………………………16

红片糖，思乡的蛊惑 …………………………………19

弹花匠 …………………………………………………22

记忆烘桶 ………………………………………………25

家乡习惯 ………………………………………………28

酒的怀念 ………………………………………………32

梦怀过年 ………………………………………………35

梦里的溆水 ……………………………………………38

面对姑妈的忏悔 ………………………………………42

千年屋 …………………………………………………46

取名儿·····················49

染匠阿哥···················52

三舅·····················56

山里舅舅···················60

石匠老弟···················63

顺木匠····················67

娃娃朋友···················72

外婆的小阁楼·················76

湘西的米豆腐·················79

永远忘记不了她················82

油鞋之忆···················85

长潭河····················88

正冲垅的守望者················92

中辑 怀人集···················95

本想悄悄地走,却还是惊天动地——忆念黄永玉·······97

"补白大王"郑逸梅···············102

从文让人 ·············106
丁玲的情怀 ·············111
对林非会长的直觉 ·············115
柯灵的正气歌 ·············119
梁实秋的《雅舍遗珠》 ·············123
柳萌和他的《悠着活》 ·············127
莫言赠我签名本 ·············130
女作家刘真掠影 ·············133
沈从文过三峡 ·············138
舒新城与船的情结 ·············142
王朝闻的三峡情 ·············145
文坛漫忆 ·············148
文坛园丁田中全 ·············151
我认识的张光年 ·············156
想起汤世杰 ·············160
徐迟第一印象记 ·············163
杨绛与钱锺书 ·············167

忆峻青游"至喜亭" ……………………………………171
怀念骆文同志 ……………………………………………174
忆念散文家田野 …………………………………………178
值得珍藏的文坛往事 ……………………………………182
作家鄢国培往事 …………………………………………187

下辑　过往集 …………………………………………193

踩水车的日子 ……………………………………………195
册页上的记忆 ……………………………………………199
赶考记 ……………………………………………………203
怀念"天官牌坊" …………………………………………207
刻在九码头的记忆 ………………………………………211
梦忆枣子坡 ………………………………………………216
上大学的路上 ……………………………………………222
武昌首义路93号二三事 …………………………………227
信札里的温暖 ……………………………………………230

遥远的逆水而上 …………………………237
忆北山坡宜昌师专 …………………………241
益友四十年 …………………………244
在宜昌二高 …………………………249
最忆桂子山 …………………………255
"左撇子" …………………………259

抒写一个人生命的风景（跋） …………………………263

上辑　乡情集

二舅妈

一

二舅妈是在枞鸡垅这个山村走完她的人生的,是值得呢,还是不值得?

她出生于低庄的枣园村,旮旮旯旯都长着枣子树。大红枣养人,年轻时的她出落得脸色红润,身材丰腴,十分标致。但囿于旧习俗,父母没有给她读书的机会。之所以嫁到枞鸡垅来,一是因为我的二舅是读书人,正在常德中央陆军学校学习;二是我外婆名声在外,年轻守寡,养大了四个儿女,一女三男,而且眼光远大,辛辛苦苦地盘出了老二舒承麟,考取了军事学校,可望实现"光宗耀祖"的梦。

从枣园村到枞鸡垅约十公里,一路坎坎坷坷,崎崎岖岖,翻山越岭,出嫁的良辰吉日,恰逢炎炎夏季。新娘子坐在花轿上,后面伴随着亲戚与陪嫁的两个衣柜,一架抬盒,六铺六盖,吹打乐器奏出的乐曲时起时落在松林回响,山势逶迤而上,上山不久,轿夫已汗流浃背。新娘也是山里生山里长,目睹此情此景,心里不是滋味儿，几次欲落轿行走，同行人再三劝阻，说是不合传统习俗。因为不逢低庄赶场，路上行人稀少，新娘还是毅然决然地落轿，走了几段艰险山路。轿子过了半山亭后，一路下坡，烂岩磴子陡峭滑溜，俗话说：上山容易下山难。轿夫每下一级石磴，小腿肚暴筋、发抖，不时出气吼吼……新娘子看在眼里痛在心里。而此刻枞鸡垅已尽收眼底，上百双眼睛都在遥望着抬花轿的一行人，她自己已没有勇气落轿行走了。喜看热闹的父老乡亲，挤满了新房，争看人的俊俏，品评嫁妆的质量，而我像是"人来疯"似的，在衣柜的新棉被上打滚……

二

她来到枞鸡垅后，左邻右舍的人喊她黄氏；家里人叫她杏英。新婚几天后，二舅就离家去了被分配的青岛某警备司令部。千里迢迢，天南地北，音信杳杳。二舅妈受尽了相思之苦。寒暑假时，二舅妈总是带着我睡在她的房里。我亲眼所见，她有过多少不眠之夜；我亲身感受，她那颗孤独的心跳。我看到后问，你怎么流眼泪了？是我揩灰尘弄的；你怎么睡不着觉？她直摇头否认。有时候，她看到我真诚稚气的眼睛，轻声说是想二舅了……

二舅妈做事麻利能干。大舅、三舅已分家过日子了。二舅妈同外婆一起生活，和睦相处，尽心孝敬，里里外外一把手，在灶屋是好厨子；上山收枣子、摘棉花样样里手。印象最深的是，因我会读书，她隔三岔五给我煮一个咸鸭蛋吃。直到我工作后看望外婆时，二舅妈总是说我小时候吃东西节俭，一个咸鸭蛋分两餐吃。

记得有年夏天，我十岁左右，二舅回家探亲，穿一身军装，已是连级军衔了。二舅喜欢我会读书，二舅妈一直都喜欢我，在"久别胜新婚"的日子里，不当外人待我，依旧留我三人同睡一张床。二舅离开家前交给我一个任务：代舅妈写信。每次由二舅妈口说我记，信不长，三四百字，字字都是心里话，句句都是真心话，纸短情长，一封家书抵万金。这次探亲假后，舅妈怀了孕，生下了一个儿子。最痛心的是，小孩刚满一岁时因病夭亡。舅妈眼睛哭肿了，后来欲哭无泪，万分悲痛之极。一个乡下妇女的这一点点人生的希望就这样破灭了……

翡翠观音

永远萦绕我心中的一缕情思，就源自那枚小小的翡翠观音。

十八岁那年，我接到了武汉一所大学的录取通知书，消息像八月的热风飞快地吹遍方圆一二十里的乡村。多少村，几辈人，才出了这么一个大学生，真是件大喜事。我一下子身价百倍，那登门贺喜的乡亲盈门，那前来提亲的媒人也接二连三。

在离家上学的前一个晚上，峨眉豆似的弯月，在天上泛出无精打采的昏黄。我埋怨，月亮不知道我的心。此时此刻，站在长潭河杨柳下的我，因旁边站着一个细妹子而心跳似江涛，波澜起伏。她家住村头，我家住村尾，十五六岁的她，兴许是蒙受传统伦理的教育，在异性面前显得十分羞涩、腼腆，与我的距离有一米开外。四周悄然无息，江水潺潺东流，柳枝纹丝不动。忽然，"泼剌"一声鱼跃，才打破了几近窒息般的沉寂。她细声地对我说："前天，我妈请人到过你家吧？昨晚，我妈又找出这枚玉观音，再三嘱咐我，一定要亲手交给你，说观音是保佑人幸福吉祥的。父母之命，我不敢不听。给你！"话音未落，她便调转了脸，低下了头。我刚接过手，她就飞也似的跑了。月色下，只见她的一双刷把辫子迎风摆动；而我的心里头就像那鱼跃时泛起的涟漪，一圈一圈地轻轻荡漾……

当我走进桂子山的大学校门之后，很快地融入桂花飘香、南湖月圆、书声琅琅的浓浓氛围之中。每天奔走在宿舍、教室、图书馆"三点一线"的学子生涯中，全身心地为理想之花而浇灌汗水和心血。

秋去春来，四年仿佛弹指一挥间。为了给家里节省钱，我没有在假期回过一次遥远的故乡。隔山隔水又隔音。我深深地对不起细妹子的一番情意。心想，她能大胆地只身走近我，亲手送我一枚玉观音，至少是萌动了一个少女的心思的。尤其是辜负了大妈的那一片善心美意，不管她是出乎势利的眼光，还是对我前程的乐观，我都应该好好地感激她的信任和祝福！

那时候，向家在我们村是很体面的人家，成分比我家里好。九个闺女个个出落得水灵灵的，好似一朵朵莲花般的艳丽，细妹子排行老九，名字就叫九莲。她中专毕业后，分配在县卫生院工作。

我参加工作之后，有一次回家探亲，了解了这些情况后，还特意到卫生院去看望过她。这时，她已是三岁孩子的母亲了，高挑个子，亭亭玉立，标致妩媚，仪态端庄，见到我，热情大方；而我的心里却有点尴尬。这美丽的印象使我后悔。有的东西往往失去之后才感到那么的珍贵。于是，便勾起了我对往事的种种回忆。

我想到那枚玉观音，翡翠颜色，晶莹透明。当年是代表一个少女的心意的。男人没有女人那么心细，女人一生中总有一个精巧的匣子，因其身份、境况，装着金银首饰、珠宝玉器、婚嫁纪念品等，数量或多或少，档次或高或低，但都闪耀着每个人生命的光彩，珍藏着人生的故事和隐秘。而我的那枚玉观音，多年来是压在箱子底的，难得翻箱一回。听人说过，凡不容易见得的东西，总是好的稀罕物和珍藏品。

但是有一年，说无心也不全然是，多半还是有心吧。我从学生时代用的竹箱子里，翻出了那枚翡翠观音来，久违了，眼睛忽地一亮，她仍然那么晶莹剔透。在中国，置身于佛地圣境的观世音菩萨，向来受到善男信女们的顶礼膜拜。在大小寺庙里，香火旺盛不绝的最数观音，她慈眉善目，慈悲为怀，她送给善男信女们以幸福吉祥。或送子，或避邪，或保佑一生平安，长命富贵。只要有一颗虔诚之心，观音总会让人实现心中所愿、寻找到各自所希望得到的东西。观音是神，神是一些人的精神寄托。信则有，不信则无。

我不信神，但面对那枚玉观音，冥冥中似心有所悟。记得考上大学的那年，我从资水乘船到长沙，适逢涨大水，江水滔滔，洪浪滚滚，小木船顺水而下，似一片柳叶，漂荡在波峰浪谷中。好几次过险滩时，只见小船从天而降，一下子钻入浪谷，忽而又跃出波峰，令人心惊肉跳，不寒而栗。这三天三夜的资水之行，白天行船，夜睡门板，历尽惊险，而终于一路平安。这是不是也因为有那玉观音的神灵保佑呢?! 当然，这是任何人都看不见的。因此，我情不自禁地抚摸着那枚翡翠观音，心底里流动着一阵温热,洋溢出一片感激之情……

  岁月如流水。今夜,星光灿烂,中秋的明月,洒满银辉,江风习习,拂人心扉。我坐在长堤上,手里握着翡翠观音,心潮起伏。我发现玉观音的臂膀处有一小点破损,心里一惊,顿生遐思:传说,观音有一千只手,这会不会是哪一位虔诚之徒牵走了她的一只手?情急之中,我赶忙紧紧地握住玉观音,更加用心护住她,以情温暖她,久久地依恋这一片生命的风景,珍惜这一份真挚的情意!

父亲二题

田野上的父亲

阳春三月,正是淑水河畔犁耙水响的季节。父亲犁田耙地的艰辛模样,就像一幅用油彩涂得厚厚的油画浮现于我的脑海、站立在我的眼前。是怀念,也是乡愁。土生土长在农村的孩子,从能记事的时候起,兴许就不会忘记家里的锄头、镰刀、犁、耙、扁担、筲箕、箩筐、风斗、水车、打禾桶等等农具,这是须臾都离不开的农家之宝。哪怕是赤贫如洗的农民,也都备有几样活命的农具。每件农具的质地与成色,标志着这户人家生活质量之高低。

在家乡岩家垅乡长潭村,父亲被乡亲们称为种田的行家、里手和把式。记得有一次秋收开镰的日子,也许是碰上了一个丰收的好年景,心里太高兴了。于是,他背打禾桶下田时,想显摆显摆自己,背禾桶的方式,不像一般农民那样伸开双手、撑着禾桶底部的双舷,像是乌龟似的用背驮着禾桶走路(乡村里俗称"驮乌龟");也不像显威风的后生"打排风"(就是把四方形禾桶的一方,竖立在肩膀上行走)。父亲使用的却是惹人惊异的另一种方式,即把禾桶的一角竖立在肩膀上行走,被称为"扯旗角":一是扎得人肩膀痛;二是要有高超的平衡控制力,稍有不慎,禾桶就会掉下来。当年,那田野上被人喝彩的声音,至今还响在我耳边……

我家的轻型农具,比如镰刀、斧头、扁担、箩筐、蓑衣等,一般都放在谷仓周围或灶屋角落,用起来方便;锄头之类的家什是挂在牛栏、猪栏的木架子上的,以防止潮湿生锈。在父亲心目中,唯有犁与耙这两件重型农具,专门放在牛栏旁边的杂屋里:在干打垒的墙上打进长木条做钉子,一张犁挂在一根木钉上,一张耙挂在两根木钉上,另眼高看,细心呵护,尽心保养,仿佛"养兵千日,用兵一时"地爱护士兵一样。

家乡的耙有两种样式。一种是耙水田的铁耙,宽约四尺、高近三尺,扶手是花栎木制的,坚韧耐用,底部安装一排铁齿,间距四五寸一根,长约一尺,一个拇指头粗,十分锐利。水牛在前头拉耙,父亲在后头扶耙,身体前倾、埋头,典型的"脸朝黄土背朝天",人在泥水里行走,热汗在水中流淌,激起一层层浪花,发出一阵阵水响,溅得人满身泥水点点,而扶耙的双手还要掌握耙齿入泥的深浅,上下沉浮;泥水荡漾出的声音,急促与舒缓有致,富有韵律感,既用力又用心,艰辛之极。稍有粗心大意,很容易被铁耙齿刺伤脚趾,那是要流血的呀。要想田里收成好,"三犁三耙"不可少。那犁耙水响融入了父亲沉重的、喘息的心声,那希望的田野成为父亲一生的梦……

另一种是"站立式的耙",专门用于耙旱田。即在长一米多、宽约二尺的花栎木框架下,前后两方安装铁齿,间距三寸许,长约四寸,木架宽约三寸,仅容一足,父亲一只手牵着牛绳,一只手拉紧木架的棕绳,双脚前后叉开,人侧立,就是威风凛凛的一条汉子。因为田是旱地,犁出的土坷垃小、土质较松散,耕牛负荷较轻,最重要的是,人是站立式的耕耘劳作。与耙水田不同的是,隔一段时间后,须停下来清理一下耙齿上的麦苑、杂草等物。对于新手上路,则需小心翼翼,以免从耙架子上摔下。人一旦摔下,牛拉着空耙照样朝前走,有如屈乡的"神牛",速度更快,当你重踩上耙架时,比刚开始踩上耙架难度大得多。小时候,我最爱看新手耙旱田,会时不时地看点笑话,禁不住道出一句:"洋派"(湘西方言,即外行)!看,好一个"洋派"!

直到我考上大学,才离开农村,其间也学会了不少农活,比如除草、施肥、割稻子、种甘蔗、拾棉花、摘柑橘、打枣子、踩水车……唯独不敢学犁与耙。因此,对在田野上走完自己人生、并有行家、里手、把式之称的父亲,我一直是心怀敬仰的。不是工匠,胜似工匠!

在多山多水的湘西神地、溆水河畔,由于受地理环境的影响,农民的一生是极艰苦的。在祖祖辈辈务农的人生中,面朝黄土背朝天,是伸不直腰板的一代穷苦百姓。于是,我常常怀想父亲那脚踩耙架、挺直腰板耙旱田的形象,那是一幅多么壮美的油画!它将永远挂在我的心上,是铭心的怀念,也是深深的乡愁!

2023年12月于三峡荷屋

迟到的忏悔

前年春上,家里发来电报,父亲病逝了。我因公务缠身,没能赶回去见他老人家最后一面。而远近的亲戚却都回去了,唯独我这个长子例外,颇有点未尽"孝道"之嫌。事后想来,确实感到不安,心里很不是滋味……

记得1978年十一届三中全会以后,父亲戴了多年的那顶"富农分子"的帽子,总算摘掉了。年过花甲的老父亲,怀着轻松的心情,连忙托人写信来告诉我这件事。我得到喜讯,顿感放下背了许多年的思想包袱,赶忙翻开台历,在日期上做了记号。

没过几天,忽又内疚起来。想起那时候,十年不敢回家一趟,一年不敢写一封信,升了工资,也不敢多寄一分钱,并且那钱还是拐弯抹角地寄给亲戚转交。"三年困难时期",我没有尽力接济家里的穷苦生活;"十年浩劫"中,我没有为他老人家分担精神重压……千年的古训"养儿防老",算是被我彻底打破了。每每想起在"文革"时期的父亲不仅自己默默承担各种压力,还要为远在外地工作的儿子的安危、荣辱担惊受怕,我的心里总有深深的负疚感。他一辈子活得真累,实在是超负荷运行。这一桩桩往事,历历在目,多么难为他啊!

1985年初春,在父亲病重的日子里,我曾告假回家探望他老人家。见他躺在床上,发烧不退,吃不进饭,又不肯花钱住院,唯一的心愿就是要人写信叫回儿孙们,让他看看。我跪在床头,轻轻地喊了两声"父亲",他才睁开眼,久久地看着我,脸上浮起一丝淡淡的笑。怪不得,又相隔了十年时间,好长的十年!

那几天,我白天东奔西跑,到区卫生院找熟人,请好医生给父亲看病,打葡萄糖吊针,又吃药丸子。晚上,我坐在小木凳上,和一家人陪伴着他。他偶尔也讲几句话,声音微弱无力,但眼睛渐渐亮堂了。父亲的病情似在一天天好转,这使我们的心情也觉得轻松了许多。一家人说话也敢放大声音了,病床外的堂屋还间或传进了几声笑语。

有一次,医生给他打完吊针后,父亲临睡前又把我单独叫进房里。他侧转头看着我,还要抽出手来,我赶忙按住他那骨瘦如柴的手。忽地似有了"通感",引起一阵心酸。过一会儿,父亲轻声对我说:"顺儿,我感觉病轻多了。你不用再担心我。你已回家十天了。日子长了,会耽误你的工作……"还未听完他的话,我的泪水唰地掉了下来……

哪里会想到,一个月之后,我又突然接到了父亲病故的噩耗。我在小屋里大声地痛哭起来,想到父亲的晚景,心里五味杂陈。

未能等到清明节,我出差绕道回了老家,以了却一桩沉重的心事。那天,我顺手折了几枝桃枝,侄女提了一篮子香和纸钱,带我匆匆上山去挂青(扫墓)。到了父亲的坟前,四周静悄悄的,山风吹来,乍暖还寒。我们点烧了香和纸钱,洒了三杯薄酒,还给坟上添了几捧新土。当我围绕坟茔转了几圈之后,只觉得它分外寂寞和孤独。于是,我问侄女:"珍意,你们怎么把公公(祖父)埋在这个山顶顶上呢?怪孤零零的。"

珍意侄女答道:"听娘娘(祖母)说,这块地是公公生前嘱咐过的,他死后,要家里人把他埋在这个偏僻的高地,好让他得到安宁,又可常望见自家的房子和菜园。"

我默默地点了点头。也许在那一刻,我才真正理解了父亲……

(选自作者散文集《情满绿水青山》九州出版社,2018年3月版)

干塘

一进农历腊月间,在城镇农贸市场的街头巷尾就多了卖"洗头"(土语,小鲫鱼)、"塘比屎"(土语,小猫鱼)鱼的人,或装在大小塑料盆里,或堆放在地上的一条蛇皮袋上。这些鱼约莫一二寸长短,有的活蹦乱跳,有的奄奄一息,年轻人懒得看一眼,可却受到不少老年人的青睐。每每碰到时,总是能吸引住我的目光,也勾起我对家乡寒冬腊月里干塘的记忆。

在我的家乡,每个村庄都修有大大小小的"塘",有叫它池塘的,也有叫它堰塘的。干塘,就是每年腊月时节,把塘里的水放干或用水车抽干,直到底朝天。塘里的大鱼,比如草鱼、鲢子、鲤鱼(俗称鲤怪子)由责任承包户捕捞;塘里的小鱼、虾米就留给父老乡亲活捉,多捞多得,偶尔也有极少数的漏网大鱼,以示主人的慷慨大方。那情景有味得很,异常热闹……

说起干塘,父母告诉我,这是祖祖辈辈的一个老传统。一口塘地处村子之中,是各家各户一年四季洗刷粪桶,浣洗衣服、尿片子的地方,肥水淤积成污泥,每年干一回塘,把污泥挖掘上来晒干,用锄头砸碎,撒在园子里或柑橘树下,便是天然的好肥料；污泥挖掘后，塘底加深了，塘面拓宽了，来年一落春雨，蓄水增多，有利于农田灌溉，预示丰收在望。改革开放之后，每口塘也实行责任承包制，一年或两年轮换，自主放养，到期后，承包人自会干塘把鱼全捞上来。因此腊月间干塘，既是历史的传统和习俗，也是改革开放四十年的新举措。

我曾目睹或参与难以计数的干塘活动，那现场的热闹景象超过了腊月家家杀年猪。改革开放前，干塘是村里的大事，家喻户晓；如今干塘，虽属一家私事，自然机密，但保密也难，没有不透风的墙。只要听到某处干塘的信息，大家便兴冲冲地背上鱼篓，拿起小网兜儿，打着赤脚，卷起裤管，不顾寒冷，做好随时下塘的一切准备。待主人前脚一上岸，人们便后脚下了塘。"洗头"是野生小鲫鱼，不怕泥水，只要塘泥上漂一层水，便活刺刺、滑溜溜地东钻西蹿，啪啪作响，似欲起飞。即使是在一个脚印氹里，也能闹出些动静来。"塘比屎"，呈胭脂红，颜色好看。若遇一二条，用手轻轻一捧即可；倘碰到三五成群，便用网兜儿舀一瓢，全部落网。下塘的人多，不分男女老少，两眼要尖，手脚要快，晚一步半步，鱼就成了别人的下饭菜了。几个人碰在一处，没有争夺，相互点头一笑，便各自迅速战略转移；因为动作要麻利，便少了些斯文，稀泥浆溅得脸上衣上麻麻点点，无论男伢或女娃，你莫笑我，我不笑你，"天下乌鸦一般黑"。哪怕脸上衣上泥点再多，冷水刺骨，却自有乐趣暖心窝。

雄章阿哥，是我四伯的儿子，从小学染匠。一匹白布要上颜料，双手必得麻利，动作慢了，颜料就上重了，色彩不匀称，便成了次布;"碾布"要上高大的石碾,双脚叉开,脚不灵便,不是上去困难,就是动作不协调。正因为这传统工匠的基本功,干塘时他捉鱼又快又多。如遇见我战果甚少,便捧一二捧放在我的鱼篓里,为我争个面子。见我不好意思,他就笑着宽慰我,干塘不在捉鱼多少,而在于那份热闹、那份味道,就像参加一项比赛取胜了,得了名次,或获得冠军,便美在心里,为爸妈争了光、添了彩,也提高了人的自信力!

于是,我联想起自己有一个怪嗜好,吃鱼不吃大鱼,专爱吃小鱼,小鱼中又更喜吃"洗头""塘比屎"。在酒席上,碰到有几斤重的长江大鲫鱼、漳河大桂鱼、清江大草鱼,我不下筷子。朋友们很奇怪,我回答不出理由,只说是,自小养成的习惯而已。人的禀性难移。间或也有人附和,这也符合营养学专家提倡的养生之道。怪不得,我家乡有句土语:"三岁看大,七岁看老。"至今仍还在流传,无疑是有其道理的。在那一口二三亩或三四亩的塘里,北风吹,天气冷,男女老少东奔西走在烂泥中,捉"洗头",捞虾米,不是比赛,胜似比赛。那乐趣和滋味,令游子难忘。

红片糖，思乡的蛊惑

农历冬腊月间，家乡的长潭河边，屹立着一座座榨坊，一溜儿地排列开去，外形似大蒙古包，不同的是周围和顶上盖着一层层的新稻草，金光闪烁，这独特的景象美丽极了，颇为壮观。从孩提时代起，在我的心目中，长潭河是好长好长的一条河，长潭的颜色是最蓝最蓝的泛着蓝光的深潭。

榨坊是生产红片糖的古老设备，起始于何朝何代，我没有考证，只知道我的祖祖辈辈，或再远的祖祖辈辈，都是这样生产出红片糖的。红片糖，湘西溆浦俗称片糖，其形似长方形，约四指宽、五寸长，比红砂糖好看，小伢们吃起来方便，大人送礼好包装，颜色又喜庆。也许因交通闭塞，离家越远，见得越少。妇女生孩子特需的红糖称作红砂糖，而非溆浦地道的红片糖，那是原汁原味的红糖。逢过年时，便想起吃一块红片糖就更有年味儿。于是，我想起鲁迅先生在《朝花夕拾·小引》中的一句话："我有一时，曾经屡次忆起儿时在故乡所吃的蔬果：菱角、罗汉豆、茭白、香瓜。凡这些，都是极其鲜美可口的，都曾是使我思乡的蛊惑。"每当我想吃一块红片糖时，它便"蛊惑"起我思念故乡的浓浓乡情。

悠悠碧绿的长潭河两岸,因多年洪水的冲积,白砂田(相对于红泥巴田而言)比较多,最适宜于种甘蔗。溆浦的甘蔗与广东、广西的甘蔗不同,高度略矮半截,蔗皮是青绿色的,不削皮也能吃;而两广的甘蔗皮是紫红色的,坚实硬邦,不削皮难以入口。

榨坊的"榨",由两根粗壮的木柱作框架,高约1.5米,直径约1.5尺;用一根弯拐的柳木作轴,约3米长,由水牛拉着走,封其一只眼,不停地转圆圈。榨前由人工煨进甘蔗,榨的底部用大盘接着甘蔗水。

与榨坊毗邻处修一座大灶,安置两口大锅,一口锅里烧开甘蔗水,清除杂质;然后在另一口锅里熬,不停地搅拌,越熬越稠,颜色愈熬愈红,满锅的大小漩涡此起彼伏,翻滚不止,咕咕地发出响声……小伢们站在灶旁边观看,一阵阵浓香洋溢在榨坊里外,连身上的衣服都飘出一缕芳香,由开初的惊喜,直至流出口水……

我家的榨坊由父亲"掌座",方言叫"执牛耳"(拿脉)。在方圆十里,父亲颇有点名气,被称为"行家里手",关键是他掌控火候的经验丰富。若火候老了,糖味会带点煳味,影响质量,好比炒茶叶的"病茶",是卖不出去的;倘火候差一点儿,糖的色泽不够红润,也卖不出好价钱。熬稠的红糖汁如何变成红片糖呢?那就要看副手的本领。副手就是九叔,也是精明能干的一把好手。他事先铺开两床细篾竹垫子,清理得干干净净,四周摆稳木挡板。只等父亲一声"起锅",他便一瓢一瓢地舀起糖汁,均匀地倒进竹垫上,讲究厚薄,讲究光滑,不起蜂窝眼。等冷却之后,按尺寸划出长形块子,红片糖便大功告成。常常我们会等着吃边角碎料,一旦拿到边角碎料后,便蜂拥而出地玩耍去了。此刻,我站立河边,一边吃片糖,一边看远处的袅袅炊烟,寒风一吹,弯弯曲曲地上升,然后随风飘散,望着望着便入神了;偶尔碰上落雪天,满天飘飘洒洒,就把我带向"瑞雪兆丰年"的诗和远方……

再回到榨坊,弟妹们继续喜滋滋地看熬糖。我则坐在疙瘩柳木轴上,一边吆喝,赶牛快行;一边听着榨的咿咿呀呀的响声,好似在唱一首首丰收调……一圈又一圈,一年又一年,凝结成一缕又一缕乡情,永远也忘记不了。

过年的日子越来越近了。在疫情中,我默想着吃红片糖的滋味儿,父亲站在灶前熬糖的音容笑貌宛在眼前;九叔躬腰划线的身姿亦活灵活现地浮现在脑海中。长潭河啊,我心中最美的一条河!大榨坊啊,连接着我考大学的理想和远方!红片糖啊,我思乡的蛊惑!

2023年1月17日于三峡荷屋

弹花匠

从前在家乡，我常常碰见身扛一把大弹弓的人，一头挂一个圆而光溜的厚木板，宛如独轮车的轮子；一头吊一把小木槌，好似手榴弹，风里来，雨里去，烈日下，飞雪中，走村串户为乡亲弹棉絮，俗称"弹花匠"。

家里要是请来了裁缝，师傅剪呀、学徒缝呀，他们飞针走线，安安静静地，对我们小伢没有多少吸引力；要是请来了弹花匠，家里就轰轰烈烈起来了。只见他在铺板上摊开棉花后，束紧腰带，背插一根有韧性的荆竹竿，梢上用绳吊着弹弓，弓长约五尺。弹花匠弯着腰，一手操弓，一手握槌，发出叮叮、咚咚、嘭嘭的声音，像山上或江边男女对唱的山歌，音韵质朴而动人；操弓的手一会儿推进，一会儿后退，似池塘的波浪荡来漾去，反复咏叹，余音不绝，抒发着心中的情怀……

回忆起来，当时我们只看见他的灵动有味，而体悟不到他的沉重艰辛。只有他冷暖自知。

弹棉花的地方不是在中堂就是在堂屋，开一扇门借光，关一扇门遮掩飞尘。弹棉花时，他的头上脸上身上，一片朦朦胧胧，似白色的云雾缭绕，让人看不真切。只有等他弹完棉花，取下口罩，歇一口气时，才能看清他的真面目，好似圣诞节的"圣诞老人"模样，白头发，白眉毛，白胡须，浑身像落满了雪花。

等他按照长宽尺寸匀称地铺就棉絮雏形，便用棉线密密地网住，经纬分明有序，还要用几条彩线加以装饰，手艺精巧，凸显出一个弹花匠的审美能力。当他用圆木板在棉絮上来来回回地旋转碾压时，我们更感到他工作的细致认真。质量既出自他的手艺稔熟，也来自他的诚信之意。我走过去一看，铺板上一抹亮丽，用手摸一摸，顿觉一种柔软的温暖质感，扑鼻而来的是一丝淡淡的芬芳气息。弹花匠这份古老的职业，至今还在湘鄂西民间保留着，特别是逢婚嫁喜事或节庆之前，他们仍会忙得不亦乐乎。劳动虽然艰辛苦累，可精神上也快乐。古语云："行行出状元。"广大农村的"九佬十八匠"，身在最底层，他们的沧桑人生也自有老百姓的赞美。

记得我考上大学的那年夏天，妈妈请弹花匠给我赶弹一床新棉絮。用的是自产的棉花，颜色洁白，雪花似的，棉纤细长，没有杂渣，蓬松柔软，弹花师傅是远方亲戚，多了一层情义，加之祖祖辈辈都做弹花匠，技艺精细，棉絮耐用，大学读书期间盖了四年。毕业后走向生活，恰遇"三年困难时期"，一切物资奇缺，连肚子都吃不饱，何谈棉被盖得新或旧呢，它只好超龄服务。于是，这床棉絮与我相依为命八九年。棉被盖得"板结"了，我又想起弹花匠来……

改革开放之后，一次回家探视病重的父亲。离家的时候，妈妈借伯父家的老屋，请弹花匠又给我弹了一床新棉絮，生怕斤两少了盖着不暖和，足足八斤重。尽管城里不少人床上盖的不是越来越厚，而是愈盖愈薄了，时兴用羽绒与丝绵代替了棉花絮，以减轻生命的"承受之重"。可我依旧不习惯于"承受生命之轻"。

在我人生的记忆里，对家乡弹花匠的艰苦劳动和精细手艺常怀着一种钦敬与感恩之情。那叮叮、咚咚、嘭嘭的弹花声音，不光是像一首首质朴的山歌，也好似絮絮叨叨干涸的心灵独白与虔诚许愿。他们含辛茹苦的一生，并不把苦挂在嘴上。唯有一个过上"好日子"的美丽梦想时不时地在心底跳动！

记忆烘桶

人的一生就像在一个圆上行进,从起头慢慢地走呀走,最后又似回到起头的地方。我常常对此十分感慨。前几天在街上闲逛,发现一处人头攒动。走过去打问,原来是在抢购高效节能电暖箱。式样有长方体的、正方体和小长方体的,而且价廉物美。产品出自湘西怀化市,令我倍感亲切。一时兴来,便购回一台小长方体的。置于书桌下,红外线暖脚,随意调温,不似空调胜似空调。一下子,激起我对湘西老家回忆的思绪……

在湘西平常百姓家,寒冬腊月时节,小伢子大都是"站烘桶"的,大孩子和上年纪的人"捂烘笼",人多时便"烤火塘"。我印象中最富情趣的要数"站烘桶"。烘桶是木制品,圆桶形状,上圆口小,下圆口大,稳稳当当,桶高约齐小伢的腋下,桶底上安装横踏脚板,踏板下放一小盆炭火。小伢站立桶里,浑身暖洋洋的,且可灵活转动。

小伢子站烘桶,一举数得。小伢子过冬暖和,大人便轻松,可腾出手来劳作。家大口阔之家,父母亲忙于干农活,往往是五六岁的哥哥姐姐看二三岁的弟弟妹妹,于是家家户户置有烘桶。左邻右舍有小伢的人家,有时将几家的烘桶放在一处,一个人照顾即可，既安全又热闹。

我也是站烘桶长大的。现在回想起来简直就像童话世界，拾回一个甜甜的梦。那梦境颇有几分朦胧的美在其间。俗话说："三岁看大。"从三四岁小孩的现状，可以看出他的未来。开初，我有点将信将疑，后来慢慢地有所认同了。有一年回家乡过春节，偶然碰到好几个当年在我家站烘桶的青梅竹马的伙伴。有做了一辈子农民的，有参军当上军官的，有做教师的，有当工程师的，等等。老人们高兴地数落起我们儿时的情景时，记忆犹新。说起参军的那位伙伴，小时站烘桶，硬是不本分，手脚总是不停地乱动，调皮死了。后来果然参了军，驰骋战场，做了军分区司令员。他笑着否认，老人们硬说千真万确。那位当了音乐教师的伙伴，老人们说他站烘桶时爱哭爱闹，嗓门儿大。说到我的时候，当年站烘桶不声不响，本本分分，脾性就是好，现在还是这个样儿。唯独我的文章阿哥例外，他儿时眉清目秀，连哭喊的声音也很轻很细，五伯给他取名文章，指望他长大后从文，以光宗耀祖。不幸的是，五伯过世太早，家境贫苦，初中毕业后他就辍学务农。人到中年，适逢改革开放，他想做生意发财，可每每都蚀本，人也见老得快。我前思后想，历代相传的某些俗话，也有说得不准的，"一分为二"更科学些。就好比神秘的湘西既是落后封闭的土地，但也出现了一大批著名人物，如政治家熊希龄，革命家向警予，历史学家向达，教育家、辞书学者舒新城，经济学家武育干，法学家杜元载，文学家沈从文，画家黄永玉……

早在半个多世纪前，沈从文先生曾说过："湘西人欢喜朋友，知道尊重知识，需要人来开发地面，征服地面，与组织大众，教育群众。凡是来到湘西的，只要肯用一点时间先认识湘西，了解湘西，对湘西的一切，就会作另外看法，不至于先入为主感觉可怕了。"同时，他也指出："湘西人民常以为极贫穷，有时且不免因此发生'自卑自弃'感觉，俨若凡事为天限制，无可奈何。"而今的湘西，已不再偏僻，物产丰富，交通方便，人才济济。从烘桶里走出了中国人中"最勤苦、俭朴，能生产而又奉公守法，极其可爱的善良公民"；走出了一批又一批国内知名的专家学者，对社会主义作出了巨大贡献。

当我脚踏在湘西的电暖箱里，回忆着孩提时代的烘桶，直感到无比的温暖，无比的欣喜。曾被历史习惯所范围的湘西，如今正在日新月异地前进着。

（原载《散文百家》2003年第8期，选入《2003年我最喜爱的中国散文100篇》）

家乡习惯

在神奇的湘西，开门见山，出门爬坡，习以为常。这自然也影响到我的人生。从武汉华中师院中文系毕业分配来鄂西，面对五峰、兴山，攀爬羊肠小道，心不惊，肉不跳，谈笑自如，多半归功于在家乡养成的习惯，得力于孩提时代练就的功底。

湘西家乡，山大人稀，天地封闭狭窄，太阳出山迟缓，老像没有睡醒一般懒洋洋的。可山里百姓为生计，祖祖辈辈传下来一个习惯："打早工"。每当天上刚刚泛出鱼肚白，天色还是麻麻亮的时候，吱吱嘎嘎地开门声从吊脚楼、木板房传出来，男人们便扛起锄头上山下地做农活儿去了。日复一日，年复一年……

山上的田地是挂坡田、麻砂地，贫瘠寡瘦的，可在乡亲们心里就是命根子。寒冬腊月，大雪封山，他们斗风雪，硬是用大石头把挂坡田垒成层层梯田，以保护水土；烈日当头，他们战高温，不怕汗流浃背，多烧几堆草木灰肥渗进麻砂地里，以改良土壤。那梯田虽比不上平原菜地，用手一捏可捏出油来，但也够庄稼汉子"丰衣足食"的了，长出来的苞谷，秆粗叶绿个儿大。只要老天作美，雨水充足，年年都是丰收年景，老话说得好："勤劳富贵来。"

以前回家乡,见到好多老人,按辈分叫他们叔叔伯爷,看到我回来,都喜得合不拢嘴。有三位本家叔伯,加起来也只有十颗牙,但个个身子骨硬朗。山里人长寿,这也许是祖传的习惯带给山民的福气。他们勤劳一生,粗茶淡饭,不用减肥,身体健旺,称得上有福之人。我心里由衷地感到高兴,为父老乡亲们深深地祝福!

太阳出山后,家家户户炊烟袅袅,融入山岚雾气之中,缭绕着山腰绿树。我正赞叹:"风景这边独好。"忽然,从山岩飞出来一支山歌:

> 五更公鸡喔喔叫,
> 鸳鸯枕头配情哥,
> 劝郎莫在花树下坐,
> 存几个本钱说一个,
> 栀子花儿流成河。

过一会儿,又一支山歌飘出丛林:

> 欠郎欠得心里痛,
> 羊毛笔儿画影身,
> 影身画在红罗帐,
> 双手轻轻把郎摸,

贴在胸前才睡着。

大清早,这一支支山歌情真意深,令人听在耳里,甜到心里。此情此景,终生难忘。

哪一家的早饭做好了,女人便站在高处,手搭凉棚,扯起嗓门打几声喊,男人便兴冲冲地赶回家吃早饭。这时,太阳已高过三竿了。谁说不是,人勤地肥,只有用诚实的劳动,才能换来幸福红火的日子哩!

"日出而作,日落而息。"在我的家乡,前一句话已经不合适了,后一句话似乎还用得上。山里的天色黑得早,太阳一落下山,云雾就像天幕一样,把四周遮得严严实实,山影幢幢,树影蒙蒙,松涛阵阵,鸟雀归巢。倘要走夜路,早先是举起火把,或提着马灯;现在已时兴打手电筒,舍得的人装五节电池,节俭的人装三节电池。因为自然环境的影响,山里人通常收工早。少数山顶上未通电的寨子,吃过晚饭之后,一家人拉一阵家常话,既无电视可看,也没有其他文化娱乐,便早早地上床睡去了。用他们的话说:"唱被窝戏去……"

不知哪朝哪代的祖先传下的习惯,家乡人睡觉,不管秋冬春夏,无论老少,都是脱得精光,赤裸着身子睡。理由是赤身裸体睡觉,睡得暖和,睡得舒服,且有节省衣服的作用。我生于斯长于斯,从小也养成了这个习惯。进城以后,很长时间一直"恶习难改",曾不时受到家人指责:乡巴佬的坏习惯。于是不改不行!

大山里,棵棵树木年年长,条条道路年年变。时代在飞速前进，文明程度也在日益提高，大凡旧风俗、旧习惯，当改的应当改。不过，幸福生活是靠勤劳打拼出来的，也有些习惯是值得永远留恋和发扬的。未必事事都得"喜新厌旧"才好。兴许这也是乡村的生活"哲学"！

酒的怀念

在人的遗传基因中也许有例外。从我记事的时候起,我就看到父亲是爱喝酒的人。而我长大成人后却不喝酒,两个兄弟也不沾酒。社交场合万不得已、盛情难却时,我也端起小酒杯"舔一舔",可这并不代表"感情浅"。在人生的后半辈子里,我对酒一直藏有一份深深的怀念之情。

远在他乡,有时候只要我眼睛一闭上,便浮现出父亲喝酒的神情。一家九口,父亲总是独坐八仙桌的上席,常常端出土罐子酒坛,坛的肚子圆圆鼓鼓的,形状并不好看。只见他揭开红布棉盖子,把酒倒进一只土饭碗,约浅浅的半碗。两三样农家菜,也能津津地喝出味儿来,酒一进口,眼睛一眯,再喝一口,眼睛又一眯,全神贯注,连教训儿女的话也没得空闲说了。乐得我们几个快活舒畅。

家乡溆浦花桥一带,白沙土质,盛产甘蔗。本乡本土发明一种用甘蔗渣蒸白酒的技术。父亲常年喝的就是自家酿造的"甘蔗酒",成本低,没有牌子与包装。农忙时节请短工,打牙祭,不能保障供给,就赶场打几斤酒回来,价廉物美。

逢年过节，桌上摆出几样荤菜，父亲喝酒也不因此贪杯。在我印象中从未见过他喝醉呕吐、发酒疯的丑模样。鉴于他这个自控力，连一个钱掰成两半来用的母亲，也从未因父亲爱酒而埋怨过一句半句。

父亲一辈子不吸烟，就爱喝几杯酒。这点嗜好，我牢记在心。改革开放后，宜昌出了个农民企业家蔡宏柱，自力更生，创办酒厂，靠本土的"龙泉"水，借鉴四川名酒的技术，锐意创新，反复试验，终于酿造出一种名酒"稻花香"，名出古诗。既有诗意，又具乡土味。"浓浓三峡情，滴滴稻花香"。没几年工夫，便闻名宜昌三峡，名扬中华海外。

有一年回溆浦老家，不远数千里之遥，特意带了两瓶"稻花香"孝敬父亲。

父亲捧着那包装漂亮的"稻花香"，看了又看，闻了又闻，喜上眉梢，乐得合不拢嘴。他说去年过年，名通（妹夫）送来两瓶常德的"德山大曲"，算是饱了一次口福。而这名酒"稻花香"更让他大开眼界。如今世道巨变，山外有山啊！

我在家住了五六天，父亲只舍得开了一瓶"稻花香"。几回劝他把剩下的那一瓶喝了，可他总以各种理由推脱。我当然明白父亲的心事……

后来，我写信回家。除写挂念、问安的话之外，还许诺下次回家，不带别的礼物，一定多带几瓶"稻花香"。让一辈子为儿女辛劳操心的父亲过一把酒瘾。

母亲托八叔写了一封回信。那时，虽不是一封"家书抵万金"的时代，我仍迫不及待地拆开展读。信上说："你爹还是常喝甘蔗酒，硬是舍不得喝那瓶'稻花香'。"顿时，我心里一阵难过，也别有一番滋味。农民父母，穷苦一生，勤劳一世，舍不得吃穿，连一瓶好酒都舍不得喝。每念及此，我心里怎不感伤呢？革命与建设就是为了让广大老百姓日子红火，生活富裕。父亲病逝时七十三岁，应验了古时的那句老话："七十三、八十四，阎王不请自己去。"我一生中最大的一件憾事，就是父亲逝世时，我没有回家为他老人家送终。

两年后，父亲的土坟新砌了坟圈，立了石碑。我于四月清明赶回了老家，专门去扫墓。当我看到父母房里的衣柜顶上还有一瓶"稻花香"时，原以为是空瓶子，拿下来一看，仍旧是尚未开瓶的。霎时，我的眼泪滚滚落下……

我问母亲，她说："你爹一直舍不得喝它。他不知看过多少回，拿出来，又放回去……"我默默地自责不已。在父亲眼里，"稻花香"不仅仅是物以稀为贵的，还包含着对儿子的思念和牵挂。他那"舍不得"，好似重锤当当地敲打着我孝心不够的心灵。

过一会儿，我对母亲说："爹已过世了，把这瓶酒送给八叔吧！"

母亲却深情地望着我："送人，我舍不得。你爹生前舍不得喝这瓶酒，你去扫墓，就在坟前打开瓶，让他在地底下好好喝吧！"

当我长跪于墓前，点着香，烧上纸，敬上满满的三杯，又把剩下的酒沥沥洒于地上……

梦怀过年

雪花纷纷扬扬的时候，在我的湘西家乡是快过年的日子。落雪和过年常常连在一起，哪怕在寒冷中，人也感到很快乐。过年的口福与雪地的浪漫，"味死"儿时的我们。尽管岁月流逝好多好多年了，却依旧那么缠人，像冬日的浓浓云雾难以散开，如思绪缕缕萦绕不去……

屈原流放寓居九年的溆浦是橘乡，也是盛产甘蔗的地方。柑橘下树之后，都堆放在家里的楼板上，底下垫几层枯松针，上面也盖一层枯松针，以便保鲜。每隔七八天必须轻手轻脚地翻检一遍，择出烂的，而那些半烂半好的柑橘，就舍不得丢掉，留着自家人吃。我虽身在橘乡，却总是没完没了地吃着烂柑橘。只有到了腊月三十和过年那些天，才能吃到又红又大的柑橘，香甜新鲜，可口怡人。于是心里总盼望早点儿过年，年节越长越好。现在是吃绿色食品的年代，橘乡人吃烂柑橘的日子一去不复返了。

秋天收获甘蔗之后，立马收进"榨房"，即：三根很粗壮的圆木柱并排、挤拢，高一米多，连着一根长柱子做轴，用水牛拉磨似的转圈，甘蔗送入榨里，嘎嘎作响，榨出甘蔗汁，然后用大铁锅加高温，熬成红红的糊状，倒入竹垫子上冷却，凝成块状的红糖，即"片糖"。在收获时每家都要选择几捆又壮又高的甘蔗，连叶带根，在菜园子里挖一口大坑埋藏。等到过年的时候，再一捆两捆地取出来吃。这时的甘蔗，物以稀为贵，吃起来仍旧新鲜甘甜，即使梢子或根部一节有点变色、变味，那味道也别有一番滋味儿。至今我还记忆犹新，回味无穷。

过年对大人们来说，也同样是高兴的节日。团年与请客吃饭，除了各种各样的腊货摆满一桌，喷香的酒餐餐上席。那酒是自家酿造的，原料是榨过汁的甘蔗渣，俗名"甘蔗酒"，价廉物美。每每看见父亲和叔伯们喝酒，从坛子里舀出一碗又一碗时，个个满脸红光在闪，满嘴话儿不停，嗓门越来越高，我在旁边看着那情景，也不禁感觉有几分醉人，悠悠然起来。听到大人们说起"瑞雪兆丰年"，那对来年年景的祈望洋溢在整个堂屋里……

在家乡过年，最舒心惬意的要数拜年走亲戚。路程或三五里或十几里不等，都是步行，一个"走"字真是恰切。每年去外婆家拜年，礼物是用一担箩筐挑的。除了给三个亲舅舅的，还有给舅舅的亲戚的。给外婆的礼物是一块大腊圆尾，必须是带尾巴的，另送一条腌腊鱼，取"年年有余"之吉祥；送舅舅的是每家一块腊肉、一封红糖，包装讲究，成三角形，外贴红纸条；送远房亲戚的礼物为四个糍粑、两个柑子，这是不请客吃饭的，互相走动联络感情而已。外婆家在枞鸡垅，是物产丰富的红泥巴山乡，满山的梨、枣、桃、杏和柑橘，逢年过节，时兴外请戏班子来唱戏。当时，我只晓得是本地戏，现在知道是辰河高腔"目连戏",堪称一绝。1998年应法国巴黎国际艺术节邀请出国演出,曾引起轰动,辰河高腔被誉为"东方艺术的瑰宝"。台子设在大祠堂的戏楼,每场演出,观众络绎不绝,挤满祠堂。偌大天井里需自带板凳;两边的耳楼有座位,凭票对号;耳楼下是人挤人站着看的。舅舅看戏会看门道,什么戏目、唱腔曲牌、演员技艺一一品评;我只是看热闹,听锣鼓响亮,唢呐悠扬,看黑花脸、红花脸从"将出"的门上场,从"相入"的门下场……直到几年前,在县城参加"中国溆浦屈原文化理论研讨会"时,重又看到演出的"目连戏",才略略品味出这古老剧种的丰富和优美。坐在我旁边的乡亲轻轻地说:"你仔细听,每一句高腔都透着一种韵味,产生一缕怀古幽思之情。"这又让我怀念起儿时过年看戏的情景。

孩童时过大年,揣着"压岁钱",还有一个有魅力、展身手的场所,那就是到村里"老大门"去参加"滚推"。这个叫法我回想了很久,还是不能准确地用文字表达,只能说俗叫"滚推"。这种游戏在雪地上玩更有情趣:参加者每人用一个银圆大的铜板,在一块石板上用力向前一滚;铜板滚得远的人,瞄准滚得近的铜板,掷过去盖住了别人的铜板,即为赢家;若未被盖住,别人再去掷盖近的铜板,以此类推。玩起来很刺激,比远近,比拐弯,比瞄准,比手气,比输赢,叫人多了一颗不安分的心。

今天,我冒着鹅毛大雪,慢慢地踏着雪地,生怕踩疼了雪。漫天的雪花带着我的思绪,又重回那遥远的儿时的梦,体味那儿时年味……

(原载《北京文学》2011年第4期)

梦里的溆水

孩童时代,常常听说村里大人做着各式各样的梦。有的梦甜美,有的梦可怕。不管是美梦还是噩梦,听人圆起梦来,总感到津津有味。可我自己大概由于稚气的缘故吧,日无所思,夜也就无所梦了。人到中年,我忽然爱做起梦来了。这梦就像一条彩线,把我的心牵引着,拉回到遥远的故乡的小河……

我家乡的这条小河,名字叫溆水,是湖南"四水"之一沅江的支流,汇入烟波浩渺的洞庭湖。溆浦县也因溆水而得名。伟大的爱国诗人屈原因遭楚国佞臣的谗言,曾被流放到这里。他在《涉江》诗中写道:"入溆浦余儃徊兮,迷不知吾所如……"诗人到了山高林深、昏暗幽寂的溆浦,徘徊不定,感到迷茫,然而,不愿同流合污的屈原,决不改变理想,终究毫不犹豫地继续前进。

我记得进城上中学,就是坐着小木驳子船,顺着这条绿色的溆水河而下的。船上装着缴学费的五担谷子,占满了中间的船舱。我坐在箩筐上,偶一起身,头就顶着竹乌篷了;后舱底层是铺着木板的,板子涂了桐油,擦得亮光光的,晚上打开铺盖就是船老板的床，两旁挂有生活必需的用具。有一样与坡上不同的是，煮饭、烧水用的是鼎镬，圆圆尖底，深深的，盖子也是铁制的，悬吊着煮饭，煮出来的饭格外喷香，不用好菜，配一土碗腌了二三年的酸菜，吃起来又酸又咸又脆，足可以叫人把肚子吃个饱。因为新鲜，我也吃得特别多。一边吃一边看船工们喝酒。酒是本地造的甘蔗酒、高粱酒。少则喝一碗，多则喝半葫芦，用以驱寒解困，舒筋活血。酒后那半醉的样儿，令滴酒不沾的我，心里也似乎微微醉了。那天晚上，我做了一个梦：初中毕业，考上了省城的师范学校……后来，回家乡当教师，教孩子们学文化，带孩子们在河里捉鱼摸虾……可遭到家里反对，说是"没出息"。我便偷偷背着行李走了，父亲在背后紧追着，严厉的叫喊声惊醒了我的梦。我揉了揉眼睛，小船仍在前进，天上是金色的满月，江面波光粼粼……

行船中最畅快的是顺风的时候，船上升起补满补丁的白布帆，船工乘机放下篙桨休息。顿时，船上热闹起来了，一个个边抽烟，边讲古，或是互揭隐私、相互取乐，什么粗话野语全都冲出口，真可谓"百无禁忌"。船工们开心的模样，以及他们那粗犷豪爽、幽默诙谐的性格，深深地印在我幼小的心上。

船工们讨厌的是无风走长潭。他们埋怨道："长潭撑死人！"这时，船工各就各位，竹篙、木桨、长橹统统上马，江面波平浪静，无一丝儿风，太阳火辣，蒸气灼人，河流变成了死水似的，荡一桨、撑一篙、摇一橹，小船才前进一步，船工汗流浃背。即使如此，他们也会苦中作乐，不知谁带头吹起一声口哨，

"嘘——嘘——"船工们便接二连三地吹起来了。据说，这是在呼唤江风。这一声声"嘘——嘘——"的口哨，就像在死寂的空气中，冒出一点希望的火星。他们不甘失败，一声又一声地呼唤，是那么认真、虔诚！

船过桥江口之后就是虎跳滩了，民谣唱道："要过虎跳滩，须有一身胆。"霎时间，船头船尾，一阵忙乱，大家精神抖擞。老板一声"宽衣"，船工迅速脱掉衣服。为保证客人的安全，小船先靠拢岸，请客人起坡步行。于是大家随身提着贵重物品起坡。我打开红木箱子，取出那张录取通知书，小心翼翼地装进衣袋，跟着客人向下游走去，约走半里路，放眼江心，小船已经进滩，只见船头钻入白浪之中，船尾翘得高高的，一个俯冲，飞流而去；雪浪如山，涛声如吼，扑向船身。此刻，我真提心吊胆，生怕小船不再起来，撞成碎片。正当我们吓得目瞪口呆之际，小船又倏地出现在眼前了：船老板浑身透湿，船工个个像落汤鸡似的。不等靠岸，他们又赶紧把舱里的积水舀干。我们再上船时，嫣红的晚霞已洒满船身，给一张张古铜色的脸膛镀上一层赤金！面对激战后的船工，我的敬意油然而生，他们不愧是勇敢的弄潮儿！

前面不远处，一座背山依水的小山城矗立在眼前。船工告诉我：那就是县城。船在浮桥边停靠好了后，我踏着层层石阶走向城中，开始了人生中的第一课……

我梦里常常流动的溆水河啊，多少年来，是您洗净一个山乡顽童的污垢，在我纯洁的心里点燃了理想之光，希望之火；是您把我从牛栏旁的木屋里,引向大江大海……您好,日夜奔流的溆水河,我梦里常常流动的溆水河啊!

(原载《长江》文学丛刊1987年第2期,入选林非、傅德岷主编《中国新时期抒情散文大观》山东文艺出版社1992年版;《中国现当代散文三百篇》中国社会科学出版社2003年版;《中国当代散文精选》甘肃人民出版社1995年版。2010年11月入选《中国散文家代表作》等选本)

面对姑妈的忏悔

人生中会碰到无数的瞬间。有的瞬间,名副其实,转瞬即逝;有的瞬间,一旦被心灵的照相机抓拍下来,将会凝固似的长留在记忆之中,成为永恒。

那是一个平常的夏日,南风悠悠,碧绿的㵲水河泛起粼粼波光,两岸河滩的柑橘林一片浓绿,青皮的果子缀满树枝,橘农正忙碌着。我穿过好几个橘园,才打问到姑妈的橘园所在,连喊了两声"姑妈",她才转过身来,凝视片刻,脸上露出惊喜,转而微笑;我走上前去,她又上上下下打量着我,"啊呀!原来是永顺。看我老眼花的,差一点不敢认了……"

在姑妈的老屋里,我们相对而坐,好久无语,亲切中又有些生分。她已经见老了,头发雪白,牙齿也掉了几颗,皱纹满面纵横。我看着她,只觉得岁月无情啊!同去看望姑妈的侄儿春阳,已端来凉茶,我接过一饮而尽。

好多年没见面了,话头不知从何说起,按辈分虽是一老一小,但自己也是人到中年,过了容易激动的年龄。此时此刻的无声胜有声,兴许会更好一点儿的。记得前几年我回过一次家,来去匆匆地走过几家亲戚，母亲也提醒我去看望姑妈。我犹豫了，终究未去成。事后，听说姑妈心里为此很不痛快。一个大家族中，几十个侄儿辈，唯独我一个在外面还算称得上人模人样的，她怎能不想念，怎能不想见见面呢？可我竟然失礼于她了。

我那次为何没去看望姑妈，想来想去，还是自己心灵深处凝固着明哲保身的"旧痕"——姑爷（姑父）曾因误伤人而判过徒刑，家庭成分也不好。拨乱反正又才开始不久，多年余悸未消，怕惹一身狐骚，自找麻烦。看来，人的自私会使人违心，失去传统的礼性；也可见极"左"思潮影响之深。

带着几分愧疚，我恭敬地向姑妈问寒问暖；而姑妈的表情却显木然，偶尔微笑，也像带有丝丝苦意。我知道，她受过的苦太多了，她背上的包袱太重了。人的苦莫过于心的沉重，若是人心里上了一把锁，要打开它那是件很难的事。

这时，姑爷从低庄赶场回来了，手里提了两瓶高粱酒。一见到我，格外亲热。席上，酒未进口，酒劲就上来了。顿时，老屋里的气氛活跃了。这几年，他做牛市的经纪人，凭着三寸不烂之舌，靠手指在袖筒里你来我去，成交每笔生意，可从中收入二三十块钱的中介费。他边喝边说改革开放好。那兴致，那自得，那笑声，深深地感染着我。

"永顺侄儿，你在外头见多识广，别见笑姑爷我卖老，说酒话。像'文革'那年月，人心隔着肚皮，谁也摸不着，你揭我，我告你，人人自危，人情淡薄，日子难过。如今，党的政策得人心，农村变了个样儿。你沿河边走走，那柑橘园一个挨一个，那新盖的洋房（砖瓦房）一栋连一栋，今非昔比啊……"

"您怎么不盖栋新房呢？"我问道。

"不瞒你说，前几年心里怕政策变，你姑妈更是事事小心。今年柑橘下树后，我吃了秤砣铁了心，一定要盖座洋房！"

姑妈嗔了他一句："少说酒话。过去好多事，不是风一阵、雨一阵的？我这一辈子在世，不打算住新屋。只想死后有座扎实的'千年屋'！"

姑爷又咕噜地吞了一杯，连连摆手："改革开放，不会变啦。"

我高兴地敬了姑爷一杯酒。

临走时，姑妈硬是要送我。我们沿着田坎走了一段之后，就斜着上了铁路。这是湘黔铁路上的一个小站附近，四周静悄悄的，好一片田园风光。左边是油茶树林，右边是低庄河。我对姑妈说了几句：保重！多保重！只见她点了点头，眼睁睁地望着我，欲说又未说出口……终于，我调转身，依依不舍地同春阳一起走了，踩着枕木一步一步地走着，可没走几十步，脚步慢了，情不自禁地一回头，姑妈还站在路边一动不动地望着我。我的心一热，噙着泪花，又转身朝前走。再走了十几步后，我又回过头，只见姑妈已站立在枕木上。我对她招了招手，她没有向我招手，只见那微微昂扬的头上，银发在风里飘动……我落泪了。

天色已近黄昏，下起了毛毛雨。春阳催我快走。我口上答应，脚步却显得沉重。当我再次回过头来，看见姑妈仍然站在铁轨上，朝着我远望。我大声喊叫："姑——妈——请——回——

吧！"

  姑妈那随风飘动的银发映入我的眼帘。这一瞬间至今铭刻在我心房，成为终生难忘的瞬间。

（原载《散文百家》1992 年 12 期）

千年屋

一封加急电报,传来了喜嫂去世的噩耗。想到她正当中年,不觉更加伤心……

七天后,接到一封家信,信是由母亲口谕,请人代笔的,说是喜嫂半生劳累,积劳成疾,病发得急,去世也快,弄得一家人措手不及,毫无任何准备。她扔下一儿一女,死不瞑目地永远走了。眼看儿子快长成一个壮后生仔;女儿出落得水灵灵的,快到过门出嫁的年纪了。照说喜嫂熬出了头,离享晚福的日子不远了。她实在是走得太早太早了啊!

母亲念及媳妇的情分深厚,临时赶做棺材也来不及,只好把自己的"千年屋"给了她住。我读到此,历历往事,像在眼前……

在家乡溆浦,把棺材叫"千年屋",自然是讳称,用心良苦可见。母亲的"千年屋"是在她花甲之年后制成的,费了不少心,花了不少钱:从大山里买来的上等粗杉桐树,毛坯架子造好后,还风干了年把时间,才用地地道道的好成色的生漆油漆了好几遍。里子刷的朱砂,红得耀眼;面子漆得黑亮发光,硬是照得出人影子来。记得1984年回家，母亲特意领我去偏厦看她的"千年屋"。只见"千年屋"盖得严严实实的，揭开篾席子一看，果然结实，好生气派！我情不自禁地用手一摸，光溜溜的、冰凉凉的。母亲见我摸了，还赶紧用抹布把我的手指印擦掉。她那爱惜的神情，那满足的笑容，那了却一桩重大心事后的轻松，真好像这座"千年屋"连着她另一个漫长人生的命运似的。这一切，我至今还记忆犹新。

这一次，我万万没有想到母亲竟把费尽心血营造的"千年屋"，慷慨无私地让给了儿媳妇喜嫂住了。但过细一想，也觉得应该。喜嫂二十几岁不幸失去了丈夫。据说是为了给生产队里挑煤炭的公务，被山上掉下的一块大石头砸死的。从此，她拖儿带女，忙里忙外，田里的男人做的活要学着干，家里的一切家务事独揽着做。她起早摸黑，天晴落雨，刮风下雪，日复一日，年复一年，吃尽了人生的苦中苦。尤其是前两年，我父亲病逝后，留下了年迈的母亲，更加重了她的负担，种的责任田多了一份，婆婆的挑水、买柴要帮着做，得多尽一份孝道。几年的艰难岁月，婆媳之间没有红过脸，没有吵过嘴，小的尊敬老的，老的爱护小的，和和睦睦过日子，勤勤俭俭操持家，生活越过越红火。每每读到母亲的来信，远在千里的我，心里总是分外高兴和踏实的。而今她先走了，住了母亲的"千年屋"，这在情理上都是说得过去的。

我捧着信笺，烫人手心。又过细一想，母亲确实善良、纯厚、慈爱。她老人家已年过古稀，说不定哪一天说走就走了。当然,"千年屋"可以重造。信上也说了,正在筹办之中。可是,照现在的情况看,要从质地上赶上那一座,恐怕是不容易办到的。我心里不免为此事感到惋惜和担心。但信的末尾却透露出了母亲的心声:当今世道变了,旧的风俗也在改变。城里人过世,一把火烧过后,装进一口坛子就完事了,人的眼睛一闭万事大吉;而我们乡里人"百年"之后,还能悄悄地造一座"千年屋",也算是光景不错的了。思想开通(方言,即开窍)之后,她感到心安得多了。我看完信后,心中如释重负,舒了一口长气。同时,对母亲油然生出一缕缕敬仰之情。母亲的年纪越来越老了,但她的心灵却逐渐变新了不少啊!千年万载承袭下来的封建旧习俗,渐渐地发生着变化,向着新农村新风尚的道路一步步地前进。犹如死水微澜,终将春水荡漾,令我着实打心眼里感到几分欣慰、几多喜悦……

(原载《散文百家》1990年3期,荣获首届中华精短散文大赛优胜奖,不另分等)

取名儿

初为人父人母,给孩子取名儿是颇费一番心思的,甚至需呕心沥血,在孩子名儿上祝愿前程,或祈求平安、寄托理想,或趋附时势、表露情趣,等等,以寄寓父母的期望和情意。外国的情形不甚了了,中国是大抵如此的。

在书香门第的人家,当孩子还在娘胎里的时候,爸爸妈妈、爷爷奶奶便酝酿取名儿的事了,他们搜肠刮肚,回忆过去学过的古典诗词名句,一时找不到适合作名字的诗词句,便捧来《辞源》《辞海》,一页页翻来,一个个偏旁查去,那专注,那仔细,那神情,是令人感动的。世界公认,汉字是极其丰富多彩的,但到了取名儿时,往往还嫌其少,真应了"书到用时方恨少"的古话。

给孩子取名儿,对没有多少文化的平常百姓来说,有的夫妻俩瞎琢磨,从周围的事物寻来觅去,阿狗阿猫,虎子牛娃,花鸟虫鱼,瞧着什么顺眼,想着什么顺心,灵机一动,就随意取个什么名儿,管它雅不雅、俗不俗的。也有父母提着礼品去请喝墨水多的先生帮忙取名儿。一句话,给孩子取个好名儿是人心皆同的。

我家在乡下算得上一个大户，父辈有九兄妹。儿时的记忆里，祖父是念私塾出身的，逢年过节有人请他作对联、写对联。从叔伯们所取的名儿看，比如大伯叫启迪、二伯叫启易、我的父亲叫启贤又名竟成、八叔叫文成、九叔叫九成等，均有点文采。给孙儿辈取的名字，比如德章、福章、和章、道章、雄章、顺章、恒章、文章、华章……尤其是我的名字华章，令人多有羡慕。后来，我上中学时，作文成绩优良；考大学又录取中文系；毕业后又喜爱业余创作，时有文章发表，还出版过几本书。于是，有的朋友开玩笑说，这是你祖父取的好名儿的缘故吧！每当此时此刻，心里感到甜滋滋的。之后，又知道毛泽东同志写过一句名诗："落花时节读华章"，更是洋洋自得了。去年春天，北京来了一位大书法家李铎先生，他给我写了一帧条幅，内容又正好是这句诗，我便喜不自禁，打心眼里由衷地感激我的祖父，也为源远流长的中华民族文化传统而自豪！

祖父仙逝之后，我成了大家族中文化水平较高的一员，取名儿的重任就落在我的肩上。好多年来，为亲戚、乡邻们取过不少名儿，多数是随心所欲的，没有任何思想包袱。到了"文革"时期，我的大女儿呱呱坠地来到人间，为给她取个名字倒颇费我的心机。那时候，我在政治上低人一等，思想压力很大。稍有不慎，就会遭到灾祸。因此，这取名儿的问题绝不可等闲视之。它连着阶级立场，它连着思想情调。我和妻子左思右想，思来想去，便斗胆给女儿取名李红。当年，这名儿十分光彩。上过户口后，我还忐忑不安了好些日子。时至今日，还落得女儿的数落和埋怨：取什么名字不好，偏偏要取个李红，赶时髦。全国山河一片红。我们这个小单位就有两个同名字的。同事们为了区别，便叫大李红、小李红。我想想周围人家，那时出生的，大都是什么张军、李军、王军、赵兵、楚兵、秦兵、忠妹、红霞、红珊……无不打上那个时代的痕迹、政治的烙印，体现着复杂的心态。因此，同名字的现象不乏其例。

语言是思维的形式。时代不同了，人的思维方式也变了。去年冬天，瑞雪飘飘，喜添孙女，全家人为给她取名儿，七嘴八舌，各抒己见，心意切切，老的办法，新的心态。几天内竟列出十几个名字供选择。我一一思忖，一时为难，拍不下板来。还是大女儿的旧话重提，才打开了思路。终于以"悠然"的名字获得了多数票。"悠然"是从陶渊明的诗句"采菊东篱下，悠然见南山"中撷出来的两字，颇有韵味。当悠然周岁的时候，我买回一本《金色的童年》纪念相册，在扉页上欣喜地题写了两句词："悠悠自潇洒，然然尽风流。"好名儿，好兆头。祝愿小悠然长大之后，不会忘记长辈为了你的那一片诚挚的爱心和祈福吧！

我久久地沉浸在喜悦之中，不由得想入非非起来：人贵有一个悠然的美好心境，一生中应当活得轻松愉快，活得潇洒，自立自主，有滋有味，青春焕发，春意盎然，为实现美丽的中国梦而努力。幸福，是奋斗出来的！

（原载《湖北日报》1993年11月6日，获该报散文征文二等奖）

染匠阿哥

我的祖父家是个大家族，育有八男一女，属"启"字辈；我们堂兄弟姊妹有五十多个，男孩名字取清一色的"章"，比如福章、德章、雄章、和章、顺章、文章、华章、恒章等等；女孩子多以菊、梅取名，比如喜梅、福梅、红梅、白梅、蜡梅等。再大的家业，儿子分家后属于各家的田地、房屋、耕牛、农具都寥寥无几，日子过得或一般，或贫困。大都是小学、初中毕业后即辍学。在过去农村的"九佬十八匠"中，这个大家庭占据了银匠、染匠、木匠、石匠、裁缝等好几匠。为人老实巴交的兄弟留在家里做阳春（务农）、捋锄头把；脑子灵光机敏的兄弟就出门拜师、学手艺，各奔前程。对家境的未来都不敢作富裕之梦，更没有发财的非分之想。

在湘西溆浦，把哥哥习称"阿哥"，但对妹妹不叫"阿妹"，而称"妹子"，说不出什么理由，约定俗成而已。雄章阿哥是四伯父家的老二，上有姐姐，下有一妹、两弟。他十三四岁时便长成一个大后生，肩宽魁梧，敦实雄壮，如其名字一样，这自然是巧合。他读完小学后，不久便被送去当学徒，学的是染匠。四伯父打的算盘是，家乡一带盛产棉花，每家都织有家织布。儿子学成出师后，自己开个染坊，就地取材，生意可望兴隆。

旧社会拜师学艺，是门极苦的差事，三年才能满师熬出头。在三年学徒期间，先要给师傅当"佣人"，挑水煮饭，劈柴洗衣（有的还要洗婴儿的尿片），喂猪放牛；继而要给师傅当"下手"，学染匠的，徒弟必先学会发煤火、辨颜色、晾晒布匹、折叠布料等杂活儿，然后再跟师傅学配料、学配色、看火候、踩石碾等技术活。学艺要脑子精明，手疾眼快，记忆力强，还要多长个心眼"偷艺"。大多数师傅因保守、保密，对外不轻易传绝技。徒弟只有留心在实践中、工序里偷学极关键的奥秘。整整三年中，学徒的精神压力重重，需要处处小心，谨慎忍耐，否则前功尽弃。据雄章阿哥说，他是靠一把力气，一张甜嘴，几分孝心，得到了师傅、师母的喜欢和器重。出师以后，师傅还挽留他帮工两年，这时的工薪虽不高，但有机会多学一些高超手艺。有一次，他得意地吹牛："假若我师傅家生有女儿，说不定我会被选为女婿，像古戏中的状元被选为驸马一样，荣华富贵哩！"

雄章阿哥学成回家，四伯父千方百计筹建染坊。添置了主要设备：三口大铁锅，七口大水缸，分别装下"赤、橙、黄、绿、青、蓝、紫"七种主要颜色的染料；还购置了一架大碾石，青石作料，高约一米半，宽一尺许，底座约一尺厚，地上嵌一块大青石板，磨得光滑锃亮，上面放置一根滚动木轴。用踩碾石碾布，是关键工序之一，既是技术活又是力气活。雄章阿哥唱主角，弟弟当帮手。

几十年过去了，雄章阿哥踩碾石碾布的雄姿宛在眼前。石碾呈"凹"字形，只见他双脚叉开成八字形，赤脚紧紧趴住碾石两侧，双手抓住头顶的木杠，左、右脚分别用力，时而身体向左倾斜，时而身体向右倾斜，石碾底下的木轴来回滚动，一次一次地碾压布料，似熨斗一般把布料碾压得平平展展、光光滑滑。碾完之后，他不用人帮忙扶着下石碾，而是双脚一蹦跳下，轻捷落地，稳稳当当，不亚于"体操王子"下杠的动作，赢得我们一阵阵喝彩。那沉重的石碾承载着我孩童时代的欢乐。

经过碾压这道工序之后，五颜六色的布料摸起来手感好、正面与反面光滑，看相好，鲜艳夺目，给人以视觉美，颇受广大顾客的青睐，打造出"李氏花布"的品牌，畅销于家乡周边的低庄、花桥、桥江等大市场。

日子越红火，人气也越旺，风华正茂的雄章阿哥一跃而成为远近闻名的染匠。后来，竟走了"桃花运"，闹了一出"绯闻"。三伯父的大儿子福章，憨厚老实，成家早，系包办婚姻，堂客名叫桃英，生在山里，长在山里，可天生模样俊秀标致，做事也是把好手，精明能干。她对出嫁到平原的大户人家，心里满意，可仍感到有点美中不足，嫌福章懦弱无能，没有男子汉气概。三伯、四伯两家一前一后毗邻而住。时间久了，桃英看上了雄章的一表人才，还有本事。于是疏远了丈夫，亲近、暗恋雄章。最后，她撕破脸，拼死拼活要改嫁给雄章。而碍于叔伯兄弟的情面，雄章进退两难，心里矛盾，也很痛苦。但爱情的诱惑力难以阻挡，有情人终成眷属。因此，造成叔伯之间关系不和，堂兄弟之间反目，成了乡亲茶余饭后的谈资。这场乡村爱情故事，好似三月桃花时节的春风，吹遍方圆十里、几十里。但已经是新社会了，农村婚姻自由。原本这也是无可厚非的。可至今回忆起来，仍别有一番酸甜苦辣的滋味在心头。它一再萦绕在我的梦乡里，也许终生难以忘怀。

不细说也罢。要不然会招来亲戚的责怪：真多事！肚里那点陈芝麻烂谷子的话不说，难道还沤烂不成？

三　舅

弯弯的山路，斜斜的石磴，在雨中寂寞地延伸。三舅的家就住在山那边。小时候，我无数次地走过这条山路。令人感慨的是，这么多年了，竟没有什么大的变化。但我依旧对它充满了迷恋，有着深刻的感觉。

这次我是专程去拜望三舅的，通向三舅家的公路只通了一半，剩下的路仍要步行。那泥泞的红泥巴路，走得我很狼狈，那步步高的石磴，累得我热汗淋漓。

前年腊月三十，大舅已经过世；二舅远在台湾；只有三舅是外婆家唯一的长辈了。我坐在三舅的对面，发现他的身子佝偻着，白发稀稀拉拉，耳朵几乎聋了。顽皮的孙子辈都喊他"聋子公公"。想不到在他沧桑的脸上和青筋隆起的大手上未见老年斑，牙齿也没有掉几颗。牙好，口福好，也算是晚年幸福的一个标志，叫人欣慰。

三舅的脸上堆满了笑意。"外甥还挂念着三舅，我心里高兴。"这句话，他重复了好几遍。我连连说："千里之外，再忙再累，总也忘不掉亲情，割不断乡恋，记得住乡愁……"在一旁的表兄弟姊妹们说:"大哥你讲的话,他听不到的。"我深情地看着三舅,他的笑意始终没有消失……

记忆里的三舅是活得最精神的。山里人的庄稼田好像满天星,东山上一片柑橘地,北山上一片苞谷林,这个山坳里几十棵枣子树,那个岩窝窝十几棵桃子树,见缝插针,离家有远有近。为了管理和侍奉好这些农作物与果木,一年四季,长年累月,三舅凭脚勤和手勤,汗水流得多,庄稼收成好。"谁知盘中餐,粒粒皆辛苦",正是一位老农的写照与心声。

三舅的中壮年时期,虽不能说"挑山担海",但一二百斤的担子挑在肩上,爬磴子岩快步如飞,炎炎夏天,汗珠子落地啪啪响,一颗甩成一花瓣;寒冬腊月,头顶上的蒸气能立刻融化鹅毛雪。那时候,湘黔铁路还没有修建,他常常挑着柑橘或一担枣子赶到资水河畔的安化县烟溪镇去卖,足足八十里,当天还要摸黑赶回家。磴子岩,坎坎坷坷,山上树林茂密苍茫,只在山顶修有一座凉亭,走廊式的木柱建筑,上盖黑瓦,遮风避雨,供行人过客歇脚休息。有一次,三舅卖掉柑橘回家,刚走到凉亭,还没有坐稳当,便被几条蒙面大汉痛打,几乎是边走边爬着回到家里的,身子骨受到重创,舍财保命……

从此,这座孤独的半山凉亭,留给我强烈的震撼。我每次过凉亭,都是事先蓄足了力气,接近亭子时,便像百米赛跑一样,飞跑而过,连回头都不敢。有些事,回忆让人惊心和心痛。如今,凉亭仍在,住了一户人家,备有大碗茶,还有炉火可以烤糍粑"打尖"(土语,加餐)。爬山走累了,在凉亭上一坐,山风悠悠，凉爽爽的。风一停，嘴上吹出口哨来，呼唤山风快点回来，真有说不出的山间韵味！

年过八旬的三舅，还坚持劳动，每天都扛着锄头、带把枝剪，到自己的坡里、田头除草或修剪树枝。老农种地就像工匠一样，精益求精。有一次，三舅上树剪枝，脚踩枯枝上，枯枝一断，他从树上失脚掉了下来，伤了腰椎骨，原本硬朗的身板再也挺不直了。岁月无情，年龄不饶人。

我劝三舅："年纪大了，该甩手休息了，应享受晚年的生活。"

他仍然微笑地看着我。估计他未必听得见。我俯身在他耳边又大声地再说了一遍，表兄弟姊妹们又用手势比画着。三舅还是那句话："几十年了，习惯啦！人活着，就是要多劳动。不干活，心里痒，手里慌。"我心想，沧桑岁月，练就了三舅高山一样的筋骨，江河一般的心胸。中国广大农民的脊梁骨是最硬的，吃苦耐劳的实干精神是高尚的。中华民族这座巍巍大厦不就是依靠这一代又一代的普通劳动者支撑着的吗？尽管他们的头上没有戴着灿烂的光环。但他们心底里明白，一家人的幸福生活是艰苦奋斗出来的。

我约好三舅，等天气晴了为他照张相片留念。第二天清晨，太阳从东山顶喷薄而出，放射出万道霞光。远远地见三舅佝偻着身子，向我住的地方（他三儿子家）走上来，步伐依然坚定，像变了一个人似的，精精神神，他还特意换了一件新的对襟布衫。我选择屋场前一株苍老的柑橘树作背景，为三舅照了相。老天作美,镜头完美地摄下那满树的、一朵朵白白的柑橘花,连同它那淡淡的清香……

(原载《长江文艺》2003年2期、《鸭绿江》2003年3期)

山里舅舅

上了一座磴子岩，爬过一条岩路坡，前面便是我大舅的家了。十几年没走过这条弯弯山道，连脚板底都打起了泡。我一边走，一边询问大舅家的景况。春阳侄一五一十地讲起大舅的家事来。

大舅年过古稀，没有养得亲生儿女，后来三舅把五娃儿国章过继给他。五娃年轻力壮，是种庄稼的好把式，也是个勤俭持家的行家里手。我知道大舅年轻时是见过世面的，放木排漂过洞庭湖，住过汉阳鹦鹉洲的湖南同乡会馆，抽烟喝酒样样都会。五娃儿对我大舅说不上不孝不敬，但过紧巴的日子惯了，节俭得近乎苛刻，抽烟不许是超过"侗乡牌"，喝酒以散装的甘蔗酒、苞谷酒为限。生活要求过高，条件暂不许可，知足常乐。在生活方面大舅是知足的。

但叫他苦恼的事也有，那就是看戏。在全枞鸡坨村就数大舅的文化水平高。记得我小时候，就见他看《三国志》《三国演义》《水浒》《西游记》《红楼梦》等，书皮儿都被翻破了，故事也烂熟于心。也许自己读的没有别人唱的好听，他便迷上了戏，日子长了，产生了戏瘾。今天盼溆浦县剧团下乡，明天盼乡草台班串村。盼啊盼！可偏偏这几年戏演得少了，县剧团上山下乡更见稀少。心里越渴望就越失望，愈稀罕就愈宝贵。偶尔有戏班在别的山乡剧场、村祠堂唱戏，只要大舅得到信息，不管刮风、落大雨，或是飘雪、下冰雹，他总是风雨无阻。在大舅的心里，赶戏比赶人情还要重的。

前几年山里看戏不花钱，有队里、公社或乡政府出钱。可如今不同了，办什么事都得讲个经济效益、市场意识，任谁也少不得钱。这真叫"剧场大门开，没钱莫进来"。水涨船高，戏票也上涨。看一场县剧团的辰河高腔"目连戏"，丙票就是一两元。而五娃儿每月给大舅的零用钱只有五元。他既要顾及物质方面的需要，又要追求精神方面的享受，顾及这两头，即使是一个钱掰成两半儿，也是够紧巴、窘迫的了。

山里逢年过节，时兴走亲串戚。大舅同别的长辈不一样，爱走出去，或到外甥家，或到姨侄孙儿家，从来不摆架子，不讲吃喝，不讲回礼，只要留他看一两场戏就心满意足。在小辈人眼里，大舅是最好招呼和侍奉的长辈。

据说，我的大舅看戏是不讲究什么等级的。座位好就用眼看，倘是坐在最后排，他就微闭着双眼，竖起大耳朵，随着台上的一板一眼、一腔一调，轻轻地摇着头、晃着脑，那陶然、沉醉的神态，怡然自得之极，赛过活神仙似的，每每令后生仔瞠目结舌！要是碰到几个调皮佬善意调侃他，大舅总是坦然地微笑道："看戏享眼福，听戏享耳福嘛！人世间哪能事事两全其美的。"后生仔一听，便嘻嘻哈哈地往前走了。只有那戏台上的余音还久久地萦绕在大舅的耳际,回响在他的心中……

了解了大舅的景况,我的心难以平静。拜望过大舅、三舅之后,因为心中有底,在分送礼钱时,便背着五娃儿额外地多塞给大舅三十元,轻轻地对大舅耳语:这是外甥的一点儿心意,给您老一点儿看戏钱。过年时好过把戏瘾。此刻,只见大舅皱纹深刻的脸上,一下子舒展开了;而我的心里则更增加了几分内疚,几分沉重……

(入选《散文·海外版》1994年1期)

石匠老弟

在我祖父李佑高的家族中，公公（祖父）的九个儿女中，唯有八叔李文成高中毕业，文凭最高，可他的七个儿女，都是中小学文化程度；我爸李竟成排行老六，儿女七个中，出了两个大学生，算是"光宗耀祖"。堂兄弟中有银匠、染匠、木匠、石匠（俗称岩匠）等。在广阔的农村里，古有"九佬十八匠"，内中也有热门与冷门之别。八叔的大儿子取名湘浦、小儿子取名湘溆、大女儿取名湘麟……在大家族中别具一格，男孩跳出了"章"字，如德章、雄章、华章、恒章等，女儿跳出了"菊"字，如秋菊、松菊、芳菊等的取名序列。湘浦者，意即出生于湖南浦市，他母亲是湘西古镇浦市人，自有纪念意义在其中。湘溆者，即出生于湖南溆浦县。湘溆老弟（方言，对弟弟们的昵称）先是做纸筋涂墙壁，属建筑泥瓦匠系列，曾奔走于溆浦与宜昌之间销售纸筋材料，后来产品被淘汰，便承包柑橘园，发了财致了富，修了一栋青砖洋房。而好多年之后，湘浦老弟竟做了石匠。一把铁锤与錾子行走于村村寨寨，筑路架桥修庙。正如民谣所唱：

张石匠，李石匠，

天晴落雨在坡上。

叮叮当，叮叮当，

千里听见手锤响，

万里听见铁锤昂。

手锤响，铁锤昂，

打得石头四角方。

短的打来做桥墩，

长的打来做桥梁，

修起大桥好赶场。

做石匠，工地是在山上或河边，日晒雨淋，风餐露宿，有时也支个帐篷；活儿又苦又累，开山炸石，抬石背石，錾石凿石，成天同石头打交道。据说，湘淑老弟乐在其中，手艺日渐精湛，成了里手行家，名声远扬……

前几年，我携全家人回故乡，心想，这是最后一次上坟挂青了。俗话说，"年过七十不上坟"。我早过了给父母上坟挂青的年纪了，但想想父母养育之大恩，趁身体硬朗之时，能上一次坟就多上一次坟，能多祭一杯酒就多祭一杯酒，能多叩首一回就多叩首一回，只有这样，才能心安。"养儿方知父母恩"！就顾不得那么多讲究了。

下牛屁股山途中，遇到湘浦老弟同几个伙计在为别人修坟圈。正是清明时节，我们尚未脱棉衣，他们却个个打起赤膊，汗爬水流，灰尘扑扑，像"土里巴人"。不是老弟先喊声华章阿哥，简直认不出湘浦来。我走过去握手，他不好意思地缩回了手，"阿哥，对不住，手太邋遢了！""在农村愿做岩匠的人很少了，是个冷门。我也是半路出家，剽学了几手，边干边学，岩匠手艺不精，尤其是刻字方面，读书少了，好多难字不认识，书法刚入门，笔画不到位，摹刻的字不遒劲，差点美感。老话说，'山中无老虎，猴子称霸王'。我算是滥竽充数。"我连忙说："老弟过谦了。古人云：'行行出状元。'"

我俯身看眼前的一块青石碑，满满地凿了许多名字，从"佑"字辈到"启"字辈，再到"永"字辈，继之"显"字辈；右边凿刻男方三代人姓名；左边凿刻女方三代人姓氏；正中一行大字：考妣某某之灵位或考妣某某之墓。已故的父亲曰考，例如先考；已故的母亲曰妣，例如先妣。老弟说，原先对"考"与"妣"不懂，照葫芦画瓢，后来查了《新华字典》才懂其含义。边干边学嘛！不会拿錾，别当岩匠。如同不会撞钟，别当和尚一样。碑两旁的对子，也与时俱进，常常学习时髦语，或刻：

儿女难忘父母恩
走遍天下党最亲

有时候，也刻一副：

小时不知娘辛苦

长大才知父母恩

……

"阿哥！讲实话，我开始也不愿做岩匠，又苦又累不说，名声也不好听似的。改革开放以后，经济发展了，农民富起来了。不少农民想为先辈多尽一份孝心，便请岩匠师傅修座坟圈，或用青石，或用红岩，把年久失修的坟墓围起来，正前面竖一块石碑，刻上姓氏，永久传世。两边石柱錾一副对了，既实用又雄伟有味道。于是，修坟圈便时兴起来，修一座收入不少，又替人做了善事，何乐而不为。因此，学做石匠的人便多了起来。老弟我也心动了……老话说：'家有黄金堆满楼，不如学艺在心头。'"

放眼牛屁股山，环视周围，新修的坟圈一座又一座，好似城市里的陵园一般。每座坟墓边上都植有一两株松柏，青翠葱茏。真是绿满青山，情满青山！

2023 年 4 月 18 日于三峡荷屋

顺木匠

前年回了趟湘西老家,面对水渠坎上的那栋老屋,过去用桐油油得锃亮的板壁,都已变成深浅不匀的暗褐色了。岁月沧桑,老屋已老,行将枯朽。我曾想保留它,但兄弟姐妹意见不一,不得已卖给一个堂弟。可当年承建房子的顺木匠,他的音容笑貌及生活的酸甜苦辣仍历历如在眼前。

顺木匠姓舒,因叫顺口了,至今不知道他的本名。他是岩家垅岩门人,同我家相隔七八里路,与我祖母的娘家同一个村子,算是一门转弯抹角的亲戚。

我的祖父家是旺族,威严一生,养育八男一女,我父亲排行老六。1949年前后,祖父过世了,尸骨未寒,伯伯们闹分家,并且抄起了锄头、扁担。后来,父亲便搬出祖宅院子,修建了这栋新屋。顺木匠的父亲同祖父是多年的世交,再加上有点亲戚关系,他就成了承建新房的最合适人选。

新屋是四封三间的老式结构,屋架与装修材料都用松木柱头、杉木板子。前后花了约两年时间,刚开始师徒三人进场,把锯匠锯开的一块块木料,一刨子一刨子地刨光,一斧头一斧头地砍成雏形，一凿子一凿子地凿眼，一天一个看相。论手艺顺木匠是方圆几十里闻名的能工巧匠。

记得上中堂主梁那天，他双脚倚在屋架上，与对面的徒弟互相配合，谨慎安装、对准榫口；稍后，就向地上撒糯米糍粑，孩子们手忙脚乱抢拾白花花的糍粑，高声欢呼，喜气洋洋，谚云："吃了抛梁粑，哪样都不怕"，可以祛病消灾。只见一个半大后生仔拍着缠上红绫的主梁，念念有声："红绫包金梁，金梁放毫光，安在中柱上，瑞气满华堂"。又赢得一阵阵喝彩，门口的炮仗炸得惊天动地。在贴上红纸的杉木主梁，他用斧杀了雄鸡，鲜血滴在梁上、地下，又念道："此血落柱，凶煞远去""此血落地，凶煞远离"！然后，笑容满面地向父母双亲打着招呼，炫示吉祥，出尽了风头。

无论新旧社会，农村对各种匠人都是格外尊重的。对顺木匠，父母亲是随喊随到；我放学后，也帮忙端茶递烟。日子长了，知道他的家庭成分也是富农。他同父亲谈得拢，有共同语言，常常讲天讲地，说古论今，谈人情，谈家事，话虽多而手却不停，不耽误工。我有时站着旁听，仿佛比听公公、娘娘火塘边的"讲古"（湘西方言，讲故事）还"味人"……

顺木匠有两个儿子，老大舒昭德与我是花桥完小的同学，后来跟着父亲学木匠。农村各种手艺匠人，靠劳动自食其力，过着饿不着肚子也发不了大财的日子。但一家要同时供两个孩子读初中、高中，那是有困难的。顺木匠思前思后，究竟让谁读书跳龙门呢？颇犹豫不决，为此事他少不了同我父亲商量。我家三兄弟，父亲也只让我读高中、考大学。顺木匠反复考虑后，便让老二昭杰读书，后来考上南京航空学院，毕业分配到上海某部队工作。在他心里因对两个儿子不公平，没有一碗水端平，心里常常深感内疚。

盼星星盼月亮，终于盼出了头。他的二儿子当了一名军官，一杠两颗星。顺木匠为此感到自豪。有时喝多了一点"甘蔗酒"，醺醺然，逢人讲起话来，口气大，神气足，春风得意。

大约"文革"后期，有一次，舒昭杰回家探亲。没过几天，便接到提前归队的紧急命令。正值阴历八月间，低庄河、长潭河涨洪水。当他走到彭家江边，只见板桥被洪水冲断，就临时用渡船过河。这时，渡船已划过对岸了。他对着船老板大声地喊了好几遍，嗓子几乎喊哑了，船老板也没有把渡船划过来。舒昭杰"军令"在身，心急如焚，又等了好久，渡船才拢岸。他跳上船头后，非常生气，对着船老板发了一通火，身板挺直，两手叉腰："如果因此延误军机，你要负责任的……"

回到部队后，他冷静一想，当时自己的态度过火，便向首长说明遇到的这个情况，做了自我检讨。万万想不到，半个月后，村大队革委会有人向部队寄来一封"告状信"，主要内容是状告舒昭杰这个地富子女，在彭家江边，用枪威逼船老板划船过河。务请部队严肃查处，开除其军籍，遣返回乡，云云。好在舒昭杰一归队就主动汇报事情经过，并做了检讨。并且后经查证，"告状信"内容失实，夸大其词，用枪逼人，纯属无中生有。

顺木匠从儿子家信中得知此事之后，受到不小惊吓，连做几回噩梦；但总算部队领导实事求是，相信指战员，儿子才没有因此蒙受冤枉。顺木匠赶场时把此事悄悄告诉我父亲，连说："好险呀，我这回'躲过了一劫'。"一个普通老百姓在平凡、辛劳的一生中，为什么总会为自己的成分及子女的生存、发展而心惊胆战呢？

有一次在火车上，我同舒昭杰巧遇。这时的他已升任了正团职，可以随军带家属，爱人是上海姑娘。谈起往事，我俩都深有同感：过去"极左"路线影响何等深广，扭曲了不少人的人性。往事啊，只能留着慢慢地回味……

远在上海的儿子，几次提出接顺木匠去城市享清福，看看大世界，逛逛南京路。顺木匠临出门前做了充分的准备，还从仓库里拿出两块腊肉作礼物。当顺木匠进了儿子的家门后，把熏得黄乎乎的腊肉摆放桌上，儿子一看心上喜欢，但见有几处霉点刺目，便把腊肉放在地上，顺木匠看在眼里有点儿不自在。儿媳下班回来后，热言热语跟顺木匠打过招呼后，回头瞥见地上的腊肉，顺手就把它丢在了门外边。顺木匠心想，腊肉上有几个霉点，好好洗一洗就行了，在乡下，腊肉是要吃对年的荤菜，只有请人插秧、收稻子，打牙祭才舍得吃的。青辣子炒腊肉，别有味道。等儿媳下厨房后，顺木匠赶快把腊肉装进袋子藏在沙发后面，一时心中很不痛快，精神上有点承受不了。因此，在上海没住几天，他就毅然决然地要返回乡下老家，说什么也留不住。当他重新带着那两块腊肉上了火车，心里久久地难以平静……

后来，顺木匠也过得顺心。农村修建新屋的越来越多，木匠成了大忙人。有的工序已用上了机器代替人力。但他仍旧舍不得握惯的那斧头、凿子、铇子、墨线盒，做着自己喜欢做的事，过着平平静静的好日子。

人的一生，淡淡地来，淡淡地去。顺木匠已从岩门远行，离开故土多年了，而我却一直忘记不了他。

娃娃朋友

往事像梦一样萦绕在我的脑海里，约莫十一二岁，在枞鸡垅外婆家与一个名叫兴伢的少年相遇，一见如故，成了"娃娃朋友"。兴伢姓武，也许在家排行老五，故他的外婆、舅舅喊他"五哈巴"的诨名。我俩的外婆家只相距几丘水田那么远，屋前有两口大小相连的池塘。这里没有河流，只有池塘，全村上下池塘棋布，大都没有塘的名字，常以某某家门前的池塘代替。池塘成了全村的"生命河"，一方面用来灌溉；一方面用来养鱼，洗衣服、洗农具，饮用的却是井水。夏天，每个井台周围是乘凉、讲古的好地方。用井水、花籽搓出来的凉粉，加点醋和红糖，喝进口里清凉甘甜，好似今天的冰镇饮料。这里已成为我们小孩子的"天堂"，我和五哈巴就是暑假在井边相识的。我喜欢听大人"讲古"，他也喜欢，趣味相投。

我来自长潭河边，他来自低庄河畔。其实这是一条河，低庄在上游，长潭在下游。游泳是我们从小就会的本领。在外婆家里，我俩常在那口大池塘洗澡。说它大，水面不过两三亩，深不过一两米。在池塘玩耍对我们只是小菜一碟而已，亲戚也放心。

于是，狗刨式、自由式、仰卧式，我们换着方式游，自由自在。如今想来，那叫潇洒快活。五哈巴比我高，比赛时占便宜，他总是冠军。但钻猛子（潜水）却不如我潜的时间久，我在水下能睁开眼，他不敢睁。

少年时代也是有好胜心的，即使娃娃朋友也不例外。我和五哈巴在暑假里一起度假，总会比赛，分个高低。上山坡摘枣子，我比不过他。他来自枣园，我来自蔗乡。枣树长刺，伸手摘枣子，常常伤手流血，故收获枣子只能用竹竿拍打，不便上树。但枣子未成熟时，小孩偷尝枣子，只能用手摘，小心翼翼避开刺。他熟能生巧，每次摘枣比赛，我只能甘拜下风。但比赛劈甘蔗，把一根甘蔗砍去梢子，留下齐胸高的下半截，独竖在地上，瞬间可倒，只有手眼麻利者才能一刀直劈下去，谁一刀劈得深，谁就从刀痕处砍下，这一节归己；接下去再劈，直剩下蔸子为止，多劈多得。这方面的技术唯我里手。

挚友得于少年间。以后，我们同时考取溆浦一中，他在甲班，我在乙班，三年同窗，又都考上高中部。他以数理化见长，我语文成绩优良。在湘西行署沅陵赶考后，挨过了个把月焦急难熬的日子，终于收到了录取通知书，他考取了华中工学院，五年制本科；我考取了华中师范学院，四年制本科。在武汉求学期间，每逢大的节日，或桂子山聚会，或喻家山相见。那时，青年的远大理想燃烧着我们火热的心。

毕业后，各奔前程。他分配到北京七机部，从事国防工业的科学研究。我们几十年未曾见过面了。五哈巴混得好不好？时在念中。后来,听老同学说:老武在"文革"之初便遭到厄运,被贬谪到南京部队农场劳动三年,即当了三年农民,连户口也迁出北京。制造与研究枪炮的手,变成了拿锄头把……我心中的苦涩与悲痛似潮水一般波涛起伏。

原来,三年困难时期,五哈巴的父亲(家庭成分不好),在寒冬腊月,冒着飘飘雪花上山拾柴,又冻又饿,在山路上晕倒了。一位公社干部与通讯员遇见了,那位干部走上前去,发现他是"五类分子",怒从心起,就用穿着翻毛皮鞋的脚,狠狠地踢了他几脚,连声骂道:"你还装死!"便扬长而去。等到家人发现时,五哈巴的父亲已经死于风雪中……

后来在"文革"中,老武借机回了一趟老家。当他听说父亲的详细死因,心中万分悲痛,泣不成声。他到生产队询问了此事,结果不欢而散。

等到他返回北京,一封"诬告信"已寄给他的工作单位。恶人先告状,自古有之。信上说老武"气势汹汹地来到大队,向贫下中农进行'阶级报复'",云云。在什么都讲家庭出身、阶级路线的年代,扣你一顶"进行阶级报复"的帽子,如同犯下滔天大罪。老武的下场可想而知。

人生在世,每个人都可能有一本诉不尽的伤心和灾难呵!仿佛是一场噩梦。

时间匆匆永不停步,它可以改变空间的面貌,但改变不了一个人的真实情状。转瞬之间,一切都变成了历史。阔别三十多年后,在一次溆浦一中老同学聚会上,我见到了当年的娃娃朋友、同窗六载的老同学五哈巴，心情异常兴奋，激动得好似淑水河的滚滚波涛。昔日"少年白"的老武，银发闪光，我俩并肩坐在小游船上，手握着手，他的曾是国家乒乓球队保健医生的老伴，坐在我俩的旁边。此刻，回忆起往事，他也许心情会变得沉重。我悄悄地把丁玲老伴陈明在狱中偷偷写给她的"小纸条"内容转述予他："忘记那些迫害你的人的名字，握紧那些在你困难时伸过来的手。"（《牛棚小品》）

满天朝霞已经从地平线升起，我们在有生之年一定会看到更加光明的灿烂！

外婆的小阁楼

外婆的家住在红土地上，左边有赫然的烂岩窝，右边有崎岖的磴子岩，一栋三层木楼夹在中间的田垄上。外婆家的楼不同于村里其他的房子：楼前连着一座长亭，楼多宽，亭多长，八个柱子中间连接一根根杉木条，代替凳子，为乡亲们出入磴子岩做个歇脚处，遮阳避雨，习称"过亭"。亭内既不摆摊赚钱，也不专门侍候，有情无言，有爱无声。若恰好碰面，则热情招呼，仿佛公共积善设施，故外婆家的人缘好。土改时划成分没有划为"地主"，而被划为"小土地出租"，不知这是不是特殊优待呢？

外公过世很早，我从小未曾见过。我的母亲排行老大，大舅、三舅握锄头把，二舅读书后从戎，在青岛当了国民党军官。大舅一家住西屋，三舅一家住南屋，外婆住楼上，三楼储藏粮食、堆放柑橘。留一角作阁楼，约半层楼高，四平方米见方，顶上安两匹亮瓦，侧面开一扇小窗，伸手可触房子的黑瓦，靠架梯子上下，为外婆所专用。

作为长房大外孙，我从小受到外婆的宠爱。因为好读书，会写信。二舅的来信，大舅看了后，讲给外婆听并保留。外婆找机会让我再念给她听，并记下她的口述作回信，传达出外婆的挂念之情和快慰之感。还有些私房话是不便公开的，由我记录回复，她放心。于是，我成了她的忠实代言人，深受信任。小阁楼的秘密，唯有我知道一些。

那是解放初期，我考上县城的初中，每学期应缴的学杂费，大都是外婆资助的。每次叫我上小阁楼，她会从方木桶里拿出一块白色蜡饼，约脸盆大小，两寸厚薄，俗称"白蜡"。逢赶场卖掉，价值约合二三担谷钱，够缴学杂费。连续几个学期都如此。当时我想，这是不是传说中的"百宝箱"？取之不尽。后来得知，这是外婆托人从低庄老园买回的。白蜡体积小便于收藏，万一遇上饥荒年份，还可以代作食用油。

中学时代的每年暑假，我大半时间是在外婆家度过的。枞鸡笼的红砂土壤，适宜种枣子。七八月间，满山遍野的枣子树，一树树的枣子红红火火，香飘十里。收获枣子只用竹竿扑打，一竹竿打去，远看似落红雨，近观像下珊瑚珠子，光彩灼灼，好看极了。打枣子是我最开心的时候，手不闲着，嘴也不闲着，既饱眼福，又饱口福。但低头一想，心里又不是滋味。它奉献了，却还要挨打，好不公平！吃多了生枣子，不易消化，拉肚子；煮熟的晒枣，柔软而甜蜜，特别是沐浴露水的熟红枣更可口。大量的枣子晒在地场篾垫上，易沾灰尘，朝晒晚收，打不着露水。而外婆经过挑选的，用筛子、簸箕晒在阁楼窗口瓦上的红枣，灰尘极少，夜晚不收，沐浴露水，不仅甜蜜而且颜色好看，似撒过一层薄薄的砂糖。那打过露水的晒枣甜在嘴里，暖在心中。

读大学的四年中，我在大二暑假回过一次家。当我从武汉千里迢迢赶回家乡时，因为想念外婆，心急情切，第二天清早便噔噔地爬坡去了枞鸡垅。虽见外婆头上添了白发，可一脸佛相，依旧温柔。她又带我上了小阁楼，笑眯眯地说："你喜欢吃腊鱼的，我还留的有一些。"我惊异地问："都放暑假了，腊货定会生霉变味了吧？"外婆神秘地打开一只坛子，一股香气扑鼻。原来，她把腊鱼切成块泡在茶油里，这样，腊鱼可以放到对年（头一年腊月至第二年腊月）不坏。我闻着满屋的鱼香，香气沁人心脾……

天有不测风云，人有旦夕祸福。万万没想到的是，那是我最后一次上外婆的小阁楼。岁月沧桑，有一天黄昏时分，我收到一封家信。噩耗突如其来：外婆不幸逝世。我流着滚滚热泪，一边痛哭一边看信。外婆因脚浮肿，身子无力，在上小阁楼时从梯子上摔了下来。因没有得到及时医治，不久就病逝了。倘不是"三年困难时期"，尚未到"古稀之年"的外婆是不会这么早逝的。我心里最难过的是大恩未报，她没能看见长孙结婚，养育儿女。想必她老人家会死不瞑目的。

多少往事随风飘拂而去，多少记忆早已严实尘封。但外婆的"小阁楼"和"过亭"，会永远留在我的记忆中。

湘西的米豆腐

故乡湘西对于我有着特别的情分。从呱呱坠地那天起,到跳进"龙门"读大学时,整整十八年,家门前那条灵秀的长潭河,屋背倚的那座雄奇的牛屁股山,像烙印在我身上的两块"胎记",是永远抹不掉的。我从小喝长潭河的水长大,从小登牛屁股山扒松毛、拾松菌、捡松果玩耍。在我的青少年时代,故乡留给我许多欢乐与痛苦的记忆,一切都似乎沉入了心灵的深处,魂牵梦萦……

故乡的长潭河啊,滚滚而来,滚滚流去,后浪推着前浪,汇入诗人屈原"涉江"而来的溆水,不舍昼夜地滋润着一家垴和坎上的谢家村、坎下的向家村、老大门的李家村、江对面的白田村、花桥镇等地黎民百姓的心田,绿水长流,白帆穿梭,如画如诗,物产丰饶。春天的野菜,夏日的辣椒,秋天的鹅梨、枣子,冬季的柑橘和红片糖,举不胜举。而最让人动心的、流连在我舌尖上的美味,要数故乡的米豆腐。

记得1988年前后,《三峡文学》举办"湘西笔会",我们一行兴致勃勃地到了凤凰城,参观了沈从文故居;之后又来到猛洞河边的王村镇。因为在这里拍摄过电影《芙蓉镇》,来过一批电影明星,如刘晓庆、姜文等。镇上的老百姓像过年一样,心花怒放,一时间,风风火火,沸沸扬扬,背篓连着背篓,欢声连着笑语,街上流行着红裙子,蓝天下闪耀着五颜六色的旅行帽,风情万种。一时"芙蓉镇"取代了王村镇的名字。壁陡的五里长街上,有一家米豆腐店,因为大明星刘晓庆在店里吃过一回米豆腐而名声远扬,被誉为"刘晓庆米豆腐店"。向来土气的米豆腐因此出了大名,名传五洲四海。于是,我怀想起母亲做的米豆腐来……

母亲做米豆腐,总是选择刚收完的稻谷碾出的头一担新米,白花花的新米散发着独有的香气。头天泡几升新米,第二天用石磨子磨成米浆,然后在锅里熬煮,中间加进几把槐花籽,或者点些石灰水,待煮开了花,搅和成合适的糊状,待发出咕嘟咕嘟快乐的声音,再退出柴火,使之慢慢冷却。俗话说,心急吃不成热豆腐。在冷却过程中,端下铁锅,置于竹箍子上。做米豆腐有两种方法:一种是把熬煮好的豆浆倒入一只大木盆里,凝结成块状,用刀子划成水豆腐似的大块。吃的时候,用刀子划成小方块,可大可小,随人意愿;另一种就是母亲最习惯的一种方法,只见母亲手一握,从拇指、二手指之间流出豆浆糊,成汤圆形状,随即用瓷匙轻轻一刮,掉落在盛着冷水的面盆或水桶中,像一颗颗晶莹的珍珠似的,匀称滑润,绵软爽口,浮现出一种鲜活的灵气,颇有些雅意,且寓吉祥如意在其中。

母亲做的米豆腐特别好吃,其奥秘在于佐料格外讲究。不仅要有姜、葱、蒜、酱油，而且还要加一匙油炸豌豆儿、一匙酸萝卜丁，最关键的是要加一两勺"油泼辣子"。油是香喷喷的芝麻油；辣子是精选辣味大的品种。红朗朗的辣子先在锅里炒得焦脆，再磨成细粉，等香油烧开后，冲浇出浓浓的辣味儿来，连四周都弥漫着辣子味。于是，一碗米豆腐中，酸酸辣辣，辣辣酸酸，特别开胃，清香鲜美至极。

后来到了宜昌，我寻觅米豆腐。大约20世纪七八十年代，解放电影院的巷子里，有个挑担子卖米豆腐的摊贩，已是人约黄昏后的老者，我常去品尝。味道自然赶不上故乡的地道，但没过几年，人与摊子也不见了踪影……

无论如何，一个人的思乡之情是万万难以割舍的。每逢乘坐绿皮火车回湘西探亲，只要一走出溆浦火车站，管它落雨下雪，便迫不及待地先去吃一碗故乡的米豆腐。一边慢慢地品尝，一边就情不自禁地心念起当年母亲做的米豆腐来，那种鲜美，那种袭人，那种辣呵呵的意味深长……

末尾画蛇添足一笔，故乡也好，他乡也罢，只有把独具特色的"这一个"，包括吃、住、行方方面面的东西，传承好，发扬好，才能立足于世界之林，才能萦绕于人民大众的心底。俗话说得好："一招鲜，走遍天！"

2023年12月8日于三峡荷屋

永远忘记不了她

湘西溆浦，留给我太多难忘的记忆。那条悠悠的清亮的灵秀的溆水河，永远流动在我的心里，也流动在我的梦里。

两千多年前，三闾大夫、爱国诗人屈原曾从长江渡湘江，溯沅水而上，入溆浦而居，路漫漫其修远兮，写出了《涉江》等感人肺腑的诗歌，留下了"屈原祠""招屈亭""三闾滩"和"大端午节"多处遗址和风俗。屈原隐居过的思蒙乡，而今成为湖南"新潇湘八景"之一。

溆浦县城位于溆水北岸，离浮桥不远，坐落着一个正方形的大宅院，那就是"妇女领袖"向警予同志的故居。大院面临溆水河，波光粼粼，白帆片片。向警予就是喝溆水长大的，灵秀的溆水滋润了向警予的灵秀；逝去的江水流走了她少年时代的美梦和理想……

大院中，树木苍翠，一株古樟树高耸入云，枝繁叶茂。"文革"期间，出现过神奇之事，古木突然几近枯死。几年后，枯木又逢春，可在繁茂的枝叶间却留下了几根光秃秃的枯枝，至今仍坚挺地竖立着，记载着生命的沧桑。孩提时代的向警予常在树下读书、写字、游戏。

每逢秋天，溆水清静如镜，河水倒映着一片苍翠，浮现出一幅国画；江风轻拂，水里的画更加生动，洋溢出青春活力。当我站立河边眺望，仿佛向警予沿着屈原入溆浦的路，乘船远去，且愈漂愈远，直至碧空尽头；然后过洞庭、进长沙，再漂洋过海，赴法国勤工俭学，留给人遐思的广阔时空……

故居门前的几株红橘树，迎着秋风，张灯结彩。未等我走近，同伴惊呼："看，江南面那大片大片的橘林，绿意盎然，璀璨极了。"此刻，我情不自禁地联想起屈原的《橘颂》来。这首诗不一定是诗人流放溆浦所写的。当时，他似乎没有这么好的心情和好的兴致。但溆浦成了闻名的橘乡，一定和屈原有关。屈原借橘树颂人，寄寓美好的理想。溆浦黎民百姓既热爱屈原，就一定会喜屈原之所喜，多栽种橘树，让屈原的品格和理想流芳百世！

1895年9月4日，向警予出生于溆浦，原名向俊贤，土家族。俊贤的名字寄托着她当商会会长的父亲的一片厚望。她没有辜负父亲的希望，以自己的青春和生命，成为中国共产党早期的卓越领导人之一，她撰写了大量论述妇女运动的文章。我在陈列馆里读着她手写的文章，好多话语令人眼前一亮。比如，"人生价值的大小是以人们对于社会贡献的大小而判定的"。她提倡"男女平等"，实践"教育救国"，创办"溆浦女校"，亲任校长。她跋山涉水，走乡串村劝学，鼓励妇女自立自强。在妇女解放运动方面做出了巨大贡献，成为中国妇女运动的先驱、杰出的"模范妇女领袖"（毛泽东语）。向警予当选为党的第一位女中央委员，第一任中央妇女部长。1928年3月，由于叛徒告密，在汉口法租界不幸被捕。在狱中，面对敌人威胁利诱，她毫不动摇，坚贞不屈，勇敢斗争。因为，她在党旗下庄严地宣誓过。同年5月1日，向警予同志英勇就义，年仅三十三岁。

大凡为革命奋斗，为劳苦大众谋解放的人，人民是不会忘记的。在纪念馆里，留下了毛泽东、周恩来、邓小平等中央领导人的题词，字字句句无不感人肺腑。"向警予同志为革命牺牲了，我们不要忘记她。"（周恩来语）

我伫立在向警予同志的铜像（100周年诞辰铸造）前，仰望她青春靓丽的形象，越看越让人钦敬。铜像基座上镌刻着陈云同志的题字。连基座一起，铜像高九点四米，寓意着向警予的诞辰日。她那英姿飒爽、面带笑容生命之花正在绽放！从那金黄色的生命之花中，蓦然凸现一个鲜活动人的向警予来。任何前来瞻仰的人都会为之心灵震撼，并在心中留下永恒的怀念！

（选自《李华章文集》第一卷）

油鞋之忆

实际的童年过去好多好多年了,而心灵的童年却永远留在我的心里。

乡下的伢子也有美梦。在我十二岁的时候,高中毕业回到家乡正谋事的八叔和八叔母送我到县城去考初中,路程有三十多里,需步行大半天。那天正下着潇潇春雨,早春二月打赤脚很冷,穿布鞋又容易打湿,我穿着一双"油鞋"(儿时之雨鞋),走长路是艰难的。八叔和八叔母走在前面,各穿一双"胶鞋",黑色的发光,绿色的耀眼;不仅好看,走起路来又轻便。因为八叔母穿一件旗袍,爬坡、跨沟也不方便,有时候需八叔牵手帮忙过坎,也会耽误一些时间,如此一来,我们的速度大致相当,我没有拖后腿。但他们的摩登留给我深刻的印象,梦想将来也有穿一双漂亮胶鞋的那一天。

在湘西(不只是湘西)农村,上山下地劳动不是打赤脚就是穿草鞋。"打草鞋"几乎是家家户户的农闲活儿,花样也多,有的人家在稻草里夹些麻皮或布条,耐穿同时也穿着舒服一点儿;家境稍好的人家,就做"油鞋"。做油鞋的工序蛮多:先剪鞋样,比普通布鞋略大一码，因为是双层布，鞋底要多纳几层布，针脚更密，纳底时手指上非戴铜顶戒不可，格外费力气；之后在鞋面、鞋底要涂满桐油；桐油阴干之后，鞋底上要钉铁钉子。铁钉子很奇特，其形状好似稍稍撑开的雨伞顶部，用铁皮制作而成，空心。一般来说，除鞋尖、鞋跟各钉两颗外，其他每排三颗或四颗，约七八排，间距二三厘米，疏密匀称。铁钉高约一厘米，若太高，穿上不舒服；若太矮，防水功能差。因为鞋底笨重，就在后跟上加一根鞋带。老人鞋做成"烘鞋"样式，可以保暖。因此，制作一双油鞋费力、费时、费料，既考验女人们的耐心，也凸显女人们的针线功夫。落雨天气穿上一双油鞋，倍感温暖与温馨。

穿油鞋走在沙土路上，不沾泥沙，还留下井然有秩的铁钉印痕，如诗如画一般，俯拾即是，好像走在沙滩上留下一行行美丽的足迹……

倘若穿油鞋走在红泥巴路上，鞋底沾满泥巴会越走越沉重。我每次去枞鸡垅外婆家，逢落雨天就要做好吃苦的心理准备。最令人恼火的是清洗油鞋，先要用稻草在池塘洗刷一遍，然后再用小木棍或竹片把每颗铁钉周围的残留泥巴一一刷干净，实在麻烦。从这件小事上也可慢慢地磨出人的性子。联想起沈从文先生所说的，湘西人"耐得烦"，兴许与此也有关系吧！

我穿油鞋的时间比较长，约莫穿到初中二年级。进城之后，再穿油鞋比打赤脚更引人瞩目，感觉不自在，行走也不方便，减少了"恰同学少年"时的"意气风发"，落雨天干脆打赤脚痛快。

那时候，一个月回家一次，三十多里路，逢落雨天就赤脚来来回回，倒也是平常之事。人总是磨炼出来的嘛！

穿油鞋的时间越长，做穿胶鞋的梦也就越多。读大学四年的时间没有圆这个梦，因为我想尽一切可能减轻家里的负担，能不买的日用品就不买，四年里我未要父母寄过一元钱。学校每月十元零五角的助学金，省出一元用来理发、看电影、买廉价旧书。武昌民主路、胭脂路的旧书店成了我常去淘书的地方，乐而忘返。四年的大学生活，风风雨雨，所经历之事大大小小不计其数，唯同乡同学（抗美援朝转业军人）老奠请我吃过一碗水饺，韭菜馅儿（汉口"北方水饺馆"）；高中同班同学（武汉军区政治部干部）向理龙送我一床凉席。至今历历犹新，念念难忘……

直到大学毕业后，分配在宜昌师专任教时，每月有五十五元五角的工资，手头宽裕了，但恰好碰上"三年困难时期"，物资供应奇缺，三年中我仅得了两张供应票：1961年发了一张手表票，1962年发了一张胶鞋票。当我从"满意百货楼"买回一双胶鞋时，手捧黑亮亮的胶鞋看了又看，抚摸了又抚摸，往昔如梦，情不自禁地浮想联翩：十多年前，八叔、八叔母脚穿胶鞋送我赶考的情景又浮现于眼前……如今，物资供应丰富，应有尽有，变化翻天覆地。穿油鞋之事，恍如隔世，天方夜谭。

2020年11月30日于三峡荷屋

长潭河

每次想念家乡的时候,村前的那条河总是活泼地流动在我的心上,那粼粼的碧波,白白的船帆,长长的板桥,欢歌的碾坊,都历历在目。

故乡的这条长河,流经的乡村、城镇,弯弯曲曲,跌跌宕宕,直走得浑身精疲力竭,才扑进沅水。人们不知道她的大名,却熟悉她的许多小名:流经低庄镇的那一段叫低庄河,流经花桥乡的那一段叫花桥河,流经桥江镇的那一段名桥江河,流经我老家长潭村的这一段名长潭河,等等。河以地名,或地以河名,世世代代,约定俗成,反映出沿岸老百姓喜欢江河、热爱家乡的共同情感。在他们的心目中,这条河仿佛就是他们自己的。

长潭河,长七八华里,宽二三百米,涨洪水时宽达上千米。河堤宽而高,堤上是苍翠的杨柳林带,从头望不见尾;堤内是阡陌纵横的农田,绿油油的一片连着一片;堤外是青绿绿的草坪和蓬勃的芭茅地。放牛在草坪上,严禁上堤。野性使然,湘西溆浦水域常发洪灾,长堤成了父老乡亲的生命线,童叟妇幼皆知,仿佛从娘胎里就萌生了环保意识。

我读完村小,就上花桥完小读书。一江之隔,遥遥相望。冬、春季上学,要走木板桥过河。高高的几十根桥架,一溜儿延伸,呈八字形;桥板狭窄,映在水中似一条长线。风雪中过桥,正是孩提时代的一种胆识锻炼。我曾在大风中从桥上掉下河一次,至今后脑壳上留有一块疤痕。记得有一年,洪水冲垮了板桥,过河上学,必须划渡船。几个同学约在一起,除艄公外,还有九叔护送。他站立船头,手握竹篙,威武雄健。只见一篙离岸似箭,渡船在波涛汹涌中劈波斩浪,他一边招呼我们坐稳当,心莫慌;一边用尽全力撑篙,直到竹篙弯成弓一样,汗流浃背,手臂肌肉鼓鼓,脚肚筋脉暴暴,一篙得力,船飚出一二丈;若一篙打漂,船就下流二三丈。我从小就体验了"惊涛骇浪"的滋味,也从小钦佩九叔"壮如牛"的力气。几年前,年过古稀的九叔离我远去了,但他那勇闯洪波的英姿,依旧活在我的心里!

长潭河,的确是一条长长的潭,澄澈见底。兴许是地势的原因,河水自上而下,从右侧直冲过来,天长日久,大浪淘尽左岸的泥沙而形成了长潭,水深二三米。我小时候钻猛子,不憋足气还潜不到底。那时候,我最喜欢别人放"泻药",潭中的鱼,浮在水面上直打旋旋,似喝醉了酒一样,迷迷糊糊,手到擒来。那捡鱼的热闹景象,极开心快活,至今难忘。前年回家,我呆呆地站在河边观鱼,思绪又回到很久以前……

一位堂兄弟走过来,风趣地问道:"华佬儿(乳名),你是不是在想当年用'泻药毒鱼'的情景?"我微笑地点点头。堂兄弟哈哈大笑:"那早成了'老皇历',生态环保,已严禁'泻药毒鱼'了。若是你想过一把'震鱼'的瘾，现在还允许。"顿时，我想起小时候一边放牛，一边玩"震鱼"的趣味事儿来。在河对岸的江边上，碧水清浅，彩石见底，我们常用一块大石头，选准河里的一块石头，用力朝它猛的一砸，然后搬开石头，往往就有一二尾小鱼儿被震晕，轻松地一捉可得。没带鱼篓，临时用一根芭茅穿着鱼，芭茅含在嘴里，心里美滋滋的，洋溢着多少童趣！

家乡多养水牛耕田。水牛是从贵州赶（买）来的。"赶牛"，是由二三个牛贩子赶着一群牛，翻山越岭，千里迢迢，从贵州赶来溆浦，然后到各乡镇的牛市上贩卖。富裕人家，一户养一头或两头；中农人家，一户养一头；贫下中农，两户合养一头，各占两只腿，平常轮流放养，农忙合理使用。放牛是小孩子的活儿。牵着牛出门，骑着牛回家。水牛生性喜水，夕阳落山前，牛吃饱了草，便到水中洗澡，人也跟着游。我们双手攥住牛尾巴，牛向东游，人亦向东游；牛向西游，人也向西游，自由自在，灵活自如，等到最后一缕红霞沐浴在牛背上，才尽兴地匆匆回家。

有一年农忙时节，老牛累病了。睡在牛栏隔壁的父亲，半夜给牛添夜草，它也无力张嘴。郎中看了，也不见好转。于是，就把牛卖给了屠夫。屠夫在我家地场上宰牛，当牛被捆绑四条腿而倒地时，它两眼含泪哀鸣着。我一看，便掉头跑开了，情不自禁黯然落泪。多少年来，我们牧养着这头老水牛，老水牛却供养着我们全家八口。牛吃进去的是草，带给我们的却是金黄的粮……而今回味起来，那头老水牛才堪称"鞠躬尽瘁，死而后已"哩！

故乡的长潭河啊，我的母亲河！我是属于这条河的。她将永远流动在我的梦里!

(原载《长江文艺》2012年第5期)

正冲垅的守望者

二妹夫仁求土生土长在溆浦花桥（今双井）镇，以扛锄头把为生；二妹由长潭村嫁到花桥，就开始城镇化了，二妹逢赶场做点小生意，赚点钱补贴家用。过去种田是在镇的周围，如今小镇繁荣发展了，古旧的木板铺面变成了青砖、卷闸门，乡下富裕起来的打工人家也到镇上兴修新楼，农田被大量占用。仁求剩下的田亩远离镇上六七里，农忙时节已不再是从前的"日出而作，日落而息"，而是要起早摸黑了。

仁求有三四丘田分布在白家山下的正冲垅与山坡上。在春日的阳光下，我们沿着正冲垅走着，树上有小鸟在歌唱，路边开着野花，仿佛一步一生香，人也很有心情。冲很深很长，田一丘接着一丘，层层递进，有的似明镜一样，等着"开秧门"；有的油菜花落之后，结出密密的饱满的油菜荚，一片油绿绿的翠色，散发出清新的气息，深呼吸一下，一股芬芳扑鼻而来。远远打望，一丘丘的油菜颜色深浅不一，有的绿意盎然，有的绿中泛黄。我问仁求："同一条冲垅，同一个季节，怎么油菜的色泽不一呢？"他笑着答道："就像不同人家的小孩一样，生活条件不同，比如，营养好坏、照料粗细，成长过程也就不一样。有人家的小孩出落得如桃花灿烂；有人家的小孩长得黄皮瘦叶似的。""庄稼一枝花，全靠肥当家。"仁求的油菜田，在正冲垅有一亩八分，位于好地势，但与左右几丘田的油菜相比，色彩较黄，主秆瘦小，荚子也少，下半截几近光秃秃。日后油菜籽的产量自然会低。他毫不掩饰地说："我的这丘田是'靠天收'，没有追肥。若施化肥，就要加大投入；若施农家肥，车路只开通了一半，另一半要靠肩挑，路远又窄，晴天一把刀，雨天稀烂泥。我已年过花甲了，哪有这把力气？"我连连点头称是。仁求又说："这一亩八分田，靠里边的多半亩是代人家种的。主人一不要租金，二不要分红，算送给我白种了。这还要看面子。你看，只隔两条田埂，那几丘田荒草丛生，田主曾送给我耕种，奈何我力不从心，只好婉言谢绝了。"我久久地凝视，心里沉思，好好的庄稼田荒废了，无人耕种，多可惜呀！倘若转变生产方式该多好啊！

在我的家乡，无处不有冲冲、坳坳、坡坡，但像样的正冲是数得出来的。称为"正冲"的，是凭着它的长度幽深、土壤肥沃、田亩丘大、形状齐整而闻名于乡里的。眼前的正冲垅，连绵成片，有二百亩之多。它与左右两旁坡地的风景迥然不同，山坡上的枣子树，由于缺乏人工的经营，树老、枝枯，好似有病缠身；而坡地的油菜株疏、秆瘦、色黄、荚小荚少，显得营养不良。这兴许情有可原，青壮年男女几乎都外出打工去了，留守在家的大都是老弱病残的农民，田野里的守望者只有少数人。我走在正冲垅里，劳动者的身影寥寥无几，从垅头至冲尾，只看见三五个农民在翻地、栽苞谷、种黄豆。偌大的正冲垅里,春忙季节也失去了往日火热的气氛,白天竟也如此静悄悄的……

前几天,雨过天晴,妹夫抢着把苞谷苗栽完之后,还剩下二分田的面积,因舍不得荒废了土地,这次是来补种黄豆的。撒完黄豆种子后,为防止老鼠、飞鸟偷吃种子,他要走过几条田埂,再爬上一条红土坡,从自己家的地里挖来红沙土掩盖在豆子上。他来回挑了三担。挑土之前,脱掉了旧棉衣,挑完第一担,额头冒热汗;挑完三担后,汗水湿透了衣背。他擦完了汗水后,笑着对我说:"大阿哥,这就像你背诵的古诗那样,'锄禾日当午,汗滴禾下土,谁知盘中餐,粒粒皆辛苦。'"面对仁求辛苦劳作之后的幽默感,我沉重地苦笑了。

白家山上的夕阳,像一缕缕赤红的彩线,缠绕在枣子树上,铺盖在油菜荚上,给正冲垅的田野增添了一层薄薄的灿烂之光。头发花白、风湿病发的仁求,正跛着左脚走在前面,我跟在他身后,由衷地敬佩这位正冲垅里的守望者!

(原载《雨花》2014年第5期)

中辑　怀人集

本想悄悄地走,却还是惊天动地
——忆念黄永玉

湘西的儿女大多从小就产生奔赴他乡献身的幻想,兴许是居住的天地和吊脚楼太小太闭塞的缘故,或许是他们太年轻太气盛的原因,这似乎同大都市的孩子们正相反。土生土长在凤凰小城的沈从文和黄永玉就是在十三四岁时便背着小小包袱,顺着小河,漂过浩渺的洞庭去"翻阅另一本大书","到世界上去学习生存"的,内中充满了悲凉的气氛……

我几次徜徉在凤凰的老街和小巷,常常牵引出一缕缕说不清、理还乱的情思。走出中营街"沈从文故居"之后,我就想起沈从文的表侄子黄永玉先生来,这个从凤凰走出来的淘气孩子,在他乡经历了岁月的沧桑和生活的磨难后,终于出息成一位著名画家和作家、诗人。他是湘西这片神地上的一位骄子,也是土家族汉子中的一个佼佼者。凡到过凤凰古城的人,莫不为小山城出了大人物而惊奇,而感叹。

我一边漫步,信马由缰;一边寻觅,用心记住。来到有名的虹桥,仍然觉得好看。抬头望,"虹桥"二字赫然入目。这是黄永玉亲笔书写的，笔力遒劲。伫立桥头石阶下，门楼的楹联也是黄永玉先生撰联并书写的：

  凤凰重镇　仰前贤妙想　架霓虹横江左右　坐览烟霞拍遍栏杆　神随帝子云梦去
  五筸男儿　拥后生豪情　投烈火涅槃飞腾　等闲恩怨笑抚简册　乐奏傩骚雾山来

我反复吟咏楹联，真叫文采斐然啊！

半个多世纪过去了。凤凰虹桥之壮丽恢宏，依然保留在游子黄永玉的心中，永不褪色。1979年12月31日，他在文章中描写道："桥上层叠着二十四间住家的房子，晴天里晾着红红绿绿的衣服，桥中间是一条有瓦顶棚的小街，卖着奇奇怪怪的东西……于是，成天就能在桥上欣赏好看的倒影"（《太阳下的风景》）。重修的虹桥，原来住家的二十四间房子变成了一爿爿商店；原来晾红红绿绿衣服的屋檐下，挂着琳琅满目的小商品，大多是书画和工艺品，格调高雅；桥中间的小街，城里城外、四面八方的人络绎不绝，无不兴味十足，走走看看，进进出出，嬉嬉笑笑。附近的万寿宫依旧古色古香，沱江边的白塔（今万名塔）依然矗立于眼前。古桥、古宫、古塔依在，年迈的老人是不是还有这份眷恋之情？

20世纪80年代初，凤凰城家喻户晓，黄永玉陪同沈从文回到故乡，兴致勃勃地在虹桥下的沱江划着小划子，手掬豆绿色的江水，一遍又一遍，那叶轻舟载着他们叔侄的乡愁和欢笑……

回到故乡的黄永玉，"对一切都发生兴趣，吃得热烈，睡得欢腾，注视得像傻子，欢笑得发出雷鸣。"（《我可以说》）在外头生活了大半辈子，虽然觉得凤凰那个县城实在是太小了，不过，在天涯海角，他都为它而骄傲。它也实在是太美了，以致他到哪里也觉得还是自己的故乡好。

我拜谒过沈从文墓地，下山时，路旁独立一块石碑，碑上镌刻着黄永玉及夫人张梅溪悼念从文表叔的一句话："一个士兵要不战死沙场，便是回到故乡。"这句从肺腑中吐出的真言，正是他和沈从文的共同心声，感人至深，催人泪下。因为，他们深刻地铭记着：自己是故乡水土养大的孩子。

我每次乘火车回溆浦，途经吉首"湘泉站"，那浓浓的酒香飘荡在车厢里，久久地萦回在心间。于是，又想起黄永玉先生在2001年12月，为酒鬼酒撰文《湘酒鬼洞藏文化酒记》并刻于石碑这件事来。为给故乡"湘泉集团酒鬼酒公司"扬名，为其凭借湘西历史山川、文化优势创造至尊的新品牌出力，以张扬湘西人杰地灵、物华天宝之福祉，长达四百余字的碑文，黄永玉不顾年届八旬，亲笔书丹，乐而为之，足见对故乡的一片深情。我在奇梁洞"酒鬼酒洞藏文化酒基地"洞口，抚摸石碑，分明地感受到这位湘西之子火热的心跳！

记得有一年，黄永玉在森林体验生活、写生，收到表叔给他的一封长信。沈从文给了黄永玉三点自己的经验。第一点就是要表侄"充满爱去对待人民和土地。"（《太阳下的风景》）几十年来，黄永玉都尝试这么做了。

前不久，重读黄永玉诗集《我的心，只有我的心》，印象很深很深。

> 我画画，让人民高兴
> 用诗射击和讴歌
> 用肩膀承受苦难
> 用双脚走遍江湖
> 用双手拥抱朋友
> 用两眼嘲笑和表示爱情
> 用两耳谛听世界的声音
> 我的血是O型的
> 谁要拿去
> 它对谁都合适
> 我的心
> 只有我的心
> 亲爱的故乡
> 它是你的

这是一首对故乡滚烫滚烫的爱情诗！

在另一首《山呀！山》诗中，黄永玉唱道：

> 我们家乡的山

都有回声

外出的子弟再怎么远

都能听见

……

只要你想念它

它就在你跟前

那些森林的花

在你的梦里盛开

涓涓的山泉

流进你梦里来

诗中洋溢着永远的故乡情结！因为诗人、画家黄永玉把爱留在了湘西凤凰故乡。

一个人把爱留在故乡，故乡的父老乡亲会把十倍的爱赐予你。即使有一天在外地受了伤，走进故乡的城门，老人会无声地拥抱着你；年轻后生也会大声地说：他们不要你，就回来。我们砍柴养活你！此时此刻，你就是带着沉重的心灵创伤也会治而愈之，重新燃起生命之火，希望之光！……

艺术大师黄永玉仙逝，享年九十九岁。您本想悄悄地走，却还是惊天动地，牵动着亿万人民的心。您的生命不朽，您的作品百世流芳！

2023年6月25日修改于三峡荷屋

"补白大王"郑逸梅

从我跋涉在文学路上初始,就看见远方有一片无边无际的森林,树木高大苍劲,枝叶五彩斑斓,美丽极了。江南才子郑逸梅(1895—1992),出生于上海江湾,祖籍在安徽歙县。他以顽强的生命活力,在密密的丛林里,用笔做工具,每一则短章像一帧树叶,由青绿变成金黄,灿烂于茫茫林海之中,日积月累,连缀成篇,重重叠叠,名为"艺林散叶",实则经典文集,被美誉为文学界的"补白大王",成为海内外知名的文史掌故大家,著名的散文家。

《郑逸梅经典文集》包括《芸编指痕》《前尘旧梦》《艺林旧事》《世说人语》《艺林散叶》五种(北方文艺出版社出版),布脊精装。其中《艺林散叶》是《艺林散叶》《艺林散叶续编》两书的合集(修订本)。这是郑逸梅先生写人物逸闻趣事的文集,涉及多个领域,多种人物,比如慈禧太后、溥仪、溥杰、袁世凯、段祺瑞、张勋、李鸿章、孙中山、黎元洪、康有为、梁启超、谭嗣同、章太炎、张之洞、秋瑾、陈独秀、瞿秋白、蒋光慈、许地山、任伯年、吴昌硕、齐白石、潘天寿、林琴南、程砚秋、傅雷、郁达夫、老舍等等，内容芜杂，专事琐闻，随闻随记。长则几百上千字，短则几十上百字。虽比不上辞典严谨，但比辞典自由随意，文白相杂，尤具雅趣，耐人寻味，乃至良莠互见。比如写溥仪，短短百余字，"从庄士敦学英文，乃徐世昌所介绍"。他曾对人说："我身边有二百个御医，可是我的身体还是那么瘦弱。""溥仪著《我的前半生》，得酬四千元。皇帝卖稿，此属创例。"如闻其声，似观其人，跃然纸上。

记叙慈禧太后，说她"饕餮成性，又复厌故喜新。"她有一句话："谁让吾一时不痛快，吾必令其一世不痛快。"入木三分矣。慈禧太后"对于服饰极讲究，认为旗装之美，在任何国家之上；尤喜浅蓝色……"她生于十月十日，年年于是日举行庆寿，各商铺例必标"万寿无疆"帜幅，威风天下。慈禧太后还喜诵李白诗，能背诵十之三四。附庸风雅。

又如，写康有为其人，"古今书法家，以苏东坡为最劣，不知用笔，若从我学书，当先责手心四十下。"面对名家，敢于直言，心胸坦荡矣。"康有为善八股文，人戏称之为'八股圣人'，后去'八股'二字，竟以'圣人'自居"。

再如，写"梁启超，自称'书呆子'，谓'书呆子'常被人利用。""梁启超为我国学者在著作中提到马克思之第一人。"他"极推重黄遵宪之诗，遂有'诗界革命之一人'之称。"梁启超曾云："说到美人，便离不了病，真是文学界一件耻辱事，我盼望往后文学家描写女性，最要紧先把美人的康健恢复才好。"无不给人一种愉悦的阅读体验。

对于孙中山先生,作者无比崇敬。举例可见一斑。"列宁逝世,广州举行追悼大会,孙中山亲自致祭,并写'国友人师'四字祭幛,每字二尺余,甚为显著。""孙中山写英文,较写中文为敏捷。""上海孙中山故居,留有淡紫色床单一床,中山生前用过,上有补缀处。"短短三则,把伟大革命家的形象高高地矗立在人民眼前……

作者对书中的人物如此高度熟悉,所写人事,方方面面,琐闻逸趣,俯拾即是,别开生面。这是读书人中的"人上人",是长期耕耘积累的结晶,既可信可观,又风味浓郁,名副其实的"补白大王"!往往补得好、补得妙,留给人以美的想象,既富有审美价值,又具有史料价值。

书中对许多中国现当代艺术家、作家、诗人,通过整理分类也做了随闻随记,凸显出逸闻雅趣,人鲜知之。或笔名的由来,或语言的特色,或创作的风格,或品格个性等等。"五四"运动前,在国内作新体诗之第一人,乃沈尹默;国外乃胡适之。后来,"沈尹默对北碑、二王、苏米等字体,用力颇勤,但家中无真迹及珍稀之碑帖"。曾谓:"凡罗致名贵碑帖者,无非借以标榜自己,向社会炫耀,或居为奇货,待价而沽,均与实际应用背道而驰。"又谓:"书法虽无色,而有画图之灿烂;无声,而有音乐之和谐。"堪称妙喻。许地山爱吃花生,屋后隙地,亲自种植,获得丰收,引为至乐,且用"落华生"作为笔名。著有《空山灵雨》《危巢坠简》诸书。胡寄尘寓居上海福履理路时,有《福履理路诗钞》,又居萨坡赛路,有《萨坡赛路杂记》等,他与人论文,谓:"天下文章,上焉者在名山大川之间,其次在蔓草荒烟之里,乐者在园林歌舞之中,哀者在琐尾流离之际。""胡寄尘喻唐诗如中国水墨山水,善写意;宋诗如西洋油画,善刻画。"如此妙喻,精当之极。柳亚子作书极草率,人不易识。他自1929年至1932年所作诗,倾向左翼作家,出版《左袒集》;后有《革命文库》面世。并辑有《全唐诗精华》。卒于1958年。郭沫若称柳亚子:"有热烈的感情,豪华的才气,卓越的器识。"对曹聚仁,写他自比但丁。喜《红楼梦》,往往到一处购一本,以便随时翻阅。五十岁时,马来亚出版社为其刊《火网尘痕录》三卷,大都人物掌故。时为1953年。郁达夫嗜酒,在火车上亦手不释杯。曾写诗:"但求饭饱牛衣暖,苟活人间再十年!"果然越十年,死于异域。如此等等不胜枚举。

郑逸梅的《艺林散叶》,文字短小精悍,语言行云流水,见解独特精到,无论内容还是风格,都颇有雅趣,颇饶诗意,情趣盎然,无不精彩,叹为观止。散文也可以应该驳杂深邃。应该"人为"制作,创造自己的独特文本,让习见的语言文字产生陌生感,形成个人化风格。波特莱尔说得好,"新颖是艺术的一种主要价值。"喜读郑先生的洋洋四十四万言,宛如在茫茫艺林悠闲地漫步,四周风景无限!

2022年12月29日于三峡荷屋

从文让人

沈从文先生的名字，是在读过《湘行散记》《湘西》《边城》后才引我瞩目的，并油然平添钦敬之情。他就像一只多彩的凤凰展翅飞翔在神秘湘西的蓝天，也扑闪在我的湘西的梦里。他谦卑地称自己是"乡巴佬"。其实，沈从文因湘西神地而滋润，湘西也因有这位世界级的作家而出名、而骄傲。

年轻的沈从文凭着湘西人特有的向外闯荡的性格，只身到了北平，可考大学无门，为"稻粱谋"计，想靠发奋写作生存下去。可投稿初始，退稿不断。他不断地写呀写，终于被编辑关注，其作品才得以问世。从1924年开始发表作品起，在20世纪20年代到40年代，他曾用不同手法写出了大量小说、散文和评论，出版作品集多达七十余种，蜚声文坛。

新中国成立之前和之后，他曾遭到过残酷的批判，被人斥之为"反动文艺"。沈从文惹不起躲得起，从此他离开了文学界，被迫转行到历史博物馆工作，做了说明员，默默无闻地干了十年。以后，几经坎坷曲折，度过风风雨雨的人生。直到在周总理的关心下，得到了中国历史博物馆和中国社科院历史研究所的大力支持,依靠王予予、王亚蓉两位助手,积几十年的收藏爱好和丰富的知识积累,呕心沥血,终于在1981年完成了《中国古代服饰研究》这一部大书。沈从文的名字像"出土文物"似的,重新又在中国和世界轰动起来,"长立于中国文物学界,乃至中国文学艺术界"。

在阅读沈从文中,我读到晚年沈从文曾在湖南所做的三次讲演,以及他与美国学者金介甫的访谈录,不仅内容丰富深刻,而且鲜为人知。我们可以从中找回一位大师的音容笑貌,尽享他的人生感悟。

沈从文原名沈岳焕,苗族,1902年12月28日出生于湖南凤凰县。十三四岁当兵,流荡在沅水流域和湘川黔边界。他军队里的一位上司,是个胖子军阀官,有一次一时心血来潮,便按照孔子的"郁郁乎文哉,吾从周"这句话,帮助沈岳焕改名沈崇文。后来他自己又改为沈从文。这就是沈从文名字的由来。直到1980年6月,在与金介甫对话时才公开出来。他幽默地说:"其实我是不文不武的。"然后呵呵一笑,"我又住在崇文门,一种巧合吧!"按照中国的传统习惯,给孩子取名儿,大多寄托着父母亲的一种心愿:孩子长大后欲改名字,也寄寓着人生的某种理想。沈从文这个名字就有一种浓浓的味道在其中。因为这个名字,我重又去了湘西凤凰古城。在拜谒沈从文墓地时,我心有一种感触总是挥之不去。那座坟茔极特别。实际上就是一块自然天成、未经雕琢的花岗岩。在岩石背后,镌刻着张充和女士(沈夫人张兆和之妹)的一幅敬诔:

> 不折不从，亦慈亦让
> 星斗其文，赤子其人

字里行间嵌藏着"从文让人"四个字。我一边诵读，一边轻轻抚摸，从手感中发现已被许许多多双敬仰者用手、用心把它摩擦得光滑发亮了。我被深深地感动了。"从文让人"，在很大程度上概括了沈从文一生为人的个性特点和人格魅力。

"上善若水"。我记起1953年的一件事来，那一年，沈从文的大部分书的纸本，突然被书店所烧毁，开明书店通知说，他的书"过时了"。祸不单行，在台湾也被禁止出版。面对这一残酷的打击，沈从文表现出极为罕见的平静，其忍让之心真是超人。他喃喃自语："我也觉得烧掉倒省事。国内我倒没觉得惋惜，国外嘛我也没寄托希望。因为，我已有新的工作（在中国历史博物馆做说明员——引者注）。但是，现在国家又有新的文艺政策，有机会让我的旧作一部分再印出来……我仅仅剩下一本样本，一下子不容易找。"沈从文对于遭遇的不公平，总是心态平和，默不作声，更不敢生气，他的心静似秋水。

当美国学者金介甫问沈从文，苏雪林曾写文章批评你、骂你……沈从文回答："她不认识我，她说的地方还是有点对啦。说我的作品很粗糙的，没有组织，文字浪费是对的。因为我那时并不成熟啊！"后来，苏雪林再认真地读他的作品，"看法就改了。对我蛮好的。"其心地之善良达到了极致。

年轻的时候,沈从文与丁玲、胡也频是要好的朋友,没少帮助过他们。1931年1月,天寒地冻,胡也频找他,沈从文见胡也频穿得很少,就把自己新做的棉袍给他穿上。胡也频后来被秘密枪杀。沈从文在悲痛中写出了《记胡也频》。1933年,丁玲被人出卖,也神秘地"失踪"和被捕。沈从文在白色恐怖中,不顾个人安危,迅速地写出了《丁玲女士被捕》和《丁玲女士失踪》,公开表示声援和抗议。不久,又写出了《记丁玲》长篇纪念文章,洋洋几万言,都是关心丁玲,充满友好善意的。尤其是为丁玲的自由四处奔走、呼吁,竭尽全力。可是,因为在《记丁玲》中涉及她与冯达的事,这是丁玲的"伤",所以她不高兴,翻脸骂沈从文,恨沈从文。沈从文尽管很伤心,仍胸怀宽广,非常宽容。他对金介甫说,"让她骂骂,我也不要紧。"从文让人真乃大家风范!他始终相信:"论公平还是读者公平。"

在1987年、1988年,沈从文被提名诺贝尔文学奖候选人,后来因为某种原因,最终没有评上。当时,私下为沈从文打抱不平的人很多。可他本人对此没有太大的反应,依旧以平常心态,处之淡然,就当未有此事一样。即使是对身边的助手和接近的友人,也从不说及这次评奖的事。对待这一人生的殊荣,他没有斤斤计较其得失。当然,也不是说他连对待"殊荣"都已麻木了。据一位学生观察,"沈先生从此身体好了起来"。个中似乎也透露出沈从文内心世界的一点隐秘。谁不为荣誉而心动而欣喜呢?

沈从文的一生,是曲折坎坷的一生,是饱经沧桑的一生,但也是光辉灿烂的一生。他以高尚的人格和不凡的成就,长留在中国和世界读者的心中。他晚年的口述和讲演,其言也善,其意尤真。沈从文甘于寂寞而终不寂寞!

(原载《北京文学》2009年第5期)

丁玲的情怀

丁玲是我国现当代著名作家，她的一生跟随着人民的足迹、时代的变迁而生活、学习和写作，其革命人生坎坷曲折；创作生涯也历经大风大浪。1933年被国民党反动派特务秘密绑架囚禁；后来，满怀革命热情奔赴延安圣地，深入前线，冒着枪林弹雨，被誉为"女将军"。可是在1942年延安整风运动中，她的《"三八"节有感》被当作"毒草"受到批判。解放初期，曾任中央文学研究所所长，中宣部文艺处处长，中国作协党组书记、副主席等。可风云突变，祸从天降。20世纪50年代中期被打成"丁陈反党集团"的头目，大批大斗之后，一经落实，子虚乌有；1957年又被错划为"右派分子"，放逐于北大荒，失去了写作的权力；"文革"中，遭遇更惨，过了五年的"铁窗生活"。人生苦短，谁能经受得起接二连三的磨难呢？因此，很多同行、朋友，以及广大读者对她几十年的坎坷经历、沧桑人生，无不感到十分的关注、同情和慨叹……

1904年，丁玲出生于湖南常德临澧县。从十八岁离开家乡，久别故乡六十余年。她的很多人生甘苦像澧水一样随风而逝了，但对故乡的山山水水、乡亲父老和母校，却始终难以忘怀。1954年丁玲回过一趟常德；1982年又回到出生地临澧。她看到家乡各方面的变化，心里高兴。在一次同家乡作者的座谈会上，她的绵绵乡情、谆谆叮咛和殷切期望，深深地感染了同乡与后辈。"一个作家，要有情，没有情，你写什么？"话说得何等的深情啊！后来，她在为家乡文学刊物《桃花源》的题词中写道："面对时代，扎根人民，为建设社会主义精神文明贡献力量！"

金秋十月，丁玲在武汉度过了八十寿辰。她计划来宜昌参观。消息传来，我们怀着十分欣喜的心情等待着。记得1984年10月下旬的一天，丁玲和陈明先生一起来到宜昌。在夷陵饭店大会议室，丁玲应邀做了讲演。讲台上的丁玲身穿一件红色毛线衣，显得特别精神。她声音响亮，热情洋溢，襟怀宽阔，十分健谈。她说："一个革命者、一个革命作家，在革命的长途上怎能希求自己一帆风顺，不受一点挫折呢？现在一切都要向前看。""我已八十岁了。但我仍要为人民继续战斗，鞠躬尽瘁，死而后已。"在任何逆境中，她都能不断充实和丰富自己。

在宜昌的四天里，丁玲和陈明不顾年迈体弱，兴致勃勃地参观了宏伟的葛洲坝水利枢纽工程、彩陶厂和三游洞。记得第三天上午，秋高气爽，丁玲和陈明游览三游洞。她还是穿着那件红毛衣，走在洞中，分外引人注目，好像给三游古洞增添了绚丽的光彩。她站在敞亮的洞口，俯视碧绿的下牢溪，悠悠平静；抬头望，藤蔓垂挂，丝丝缕缕，随风飘拂，秀美之极。她笑着对我们说："怪不得白居易大加赞叹，'斯境胜绝，天地间其有几乎？'"

我凭着某种敏感，透过她轻松的语气，似隐约地听出丁玲此刻抚今追昔内心的波澜起伏。但出于尊重，自不便探问。

出洞天福地，沿着幽深曲折的栈道前行。到了一段峭壁石级前，有人搀扶着丁玲，一级一级地往上攀登。秋风中的那一点红，好似三峡红叶一样鲜艳夺目。年届八十高龄的丁玲，饱经沧桑过后，身子骨仍然这么健旺，保持年轻状态，我们由衷地为她祝福！

登上山顶之后，丁玲站立"至喜亭"前，她放眼西陵峡口，水急涛响，波澜翻滚；笑看两岸青山，山峰连绵逶迤，峡谷混茫一片。她沉思良久，思绪好像流入了浩渺的历史长河中……

自孙中山先生在《建国方略》中最先提出"开发长江三峡"的构想以来，直到毛泽东主席绘出"高峡出平湖"的壮丽蓝图，已经七十多年了。这近一个世纪的长梦何时才能成真呢？长江中下游的洪患何日才能从根本上消除呢？正如民谣所唱的，"万里长江滚滚流，流的尽是泪和油。"参观之后在三游洞休息厅里，我们目睹丁玲挥毫题词："山高水急，抚今追昔，乐而忘返，乐而不能忘忧。"其深沉的情怀何等感人！

五年后，当我听到丁玲塑像在故乡落成的消息，便急急忙忙地飞车赶去拜谒。塑像坐落在常德临澧县城的朝阳街口的花园内。大门右侧镌刻着王震同志的题字"早春园"，门墩上雕有两把火炬，醒目耀眼。丁玲的塑像呈坐姿，右臂搭着风衣，左臂扶着椅子，圆圆的脸庞，嘴唇微启，双目炯炯，眼角似挂着泪珠。好一幅丁玲的写真！

我抚摸着花岗岩雕像,心潮起伏。丁玲于1986年3月逝世于北京。人生八十余年,为中国革命和建设奉献出很多,长篇小说《太阳照在桑干河上》荣获"斯大林文学奖",她还发现和培养了一大批有为的中青年作家;但她历尽沧桑,岁月蹉跎,所受到的损失实在太大了,要是她的人生"风调雨顺",是可能有更多更好的作品问世的。回忆往事,自有一种切肤之痛在其中,更发人深思。尤为可贵的是,她依然乐观、风采不减。如同"早春园"一样,占地很小,却绿意盎然。

(选自散文集《岁月叠影》)

对林非会长的直觉

　　以文会友，古今时兴。我与林非先生的结识既可谓以文会友，又可谓以文拜师。除了他年长于我外，更因为他的学术高我几筹，心悦诚服，甘拜为师。年轻时，我曾在湖北武汉鲁迅研究小组工作，而林非先生已是鲁迅研究的专家，他的学术论著《鲁迅和中国文化》，是我当时常读的一本书。遗憾的是，千里迢迢，无缘拜会。1990年，全国首届"中华精短散文大赛"，在四万五千多篇参赛作品中，评选出十五篇优胜作品，拙作《千年屋》忝列其中。林非、周明、石英、丁振海等散文名家担任评委。在河北廊坊举行颁奖大会时，我因故未能赴会，又错过了拜见林非先生的机缘。一次，武汉的一位大学同窗尹均生鼓励我给北京的《散文世界》投稿，稿子可寄给林非先生。当我冒昧地把拙作《王村镇风韵》寄给他后，出乎意料的是，不到半个月就收到了复函。至今还记得开头的几句话："大作极佳。我已不编《散文世界》久矣。稿子已转给袁鹰同志了。他会同你联系的……"不久，拙作发表于《散文世界》1989年11月号上，备受鼓舞。1992年《五村镇风韵》入选《中国新时期抒情散文大观》（林非主编)。于是,在我心里留下了一个忘记不了的名字。

1995年8月,"'95海内外散文旅游文学传播大会"在夏都庐山召开。我兴致勃勃地去参加大会。11日的大会开幕式由林非会长致开幕词。见到久仰的林非先生,我心里似庐山之夏的一阵清凉风轻拂,从心底涌出一句流行语:"相见恨晚矣。"话虽不免俗气,但我的情感却是真挚的。想不到林非先生身材高大、文质彬彬、风度翩翩,更未想到的是他待人亲切、真诚热情,让人有一见如故的魅力。便联想到江浙不仅出"才女",而且也出"才男"。古今皆然。

8月14日的会上,由林非会长作讲演。我聚精会神地听讲、记笔记。所讲的八大问题一一记录在册。今天重温演讲,再翻笔记,依旧详细,依旧清楚,鲜明如昨,受益匪浅。比如,"散文必须抒情,但要增加知性;理性的东西能让读者思考更多的问题";"散文要有思想分量,不要光写花花草草,杯水风波";"散文是思想者的歌;媚俗的东西,我不赞成。提高散文作家的境界很重要";"散文要有人格力量,人品与文品相统一。但是很难统一。有缺点的人,写出好作品也应肯定。真正的人格力量就是真诚。卢梭的《忏悔录》值得一看,写得真诚,堪称社会的良知。但是,人格力量还应服膺真理"等等。林非会长关于好散文的四条标准或因素,在"三峡散文笔会""成都绵阳散文笔会"等会上的讲演中都阐述过,我至今记忆犹新:一是好散文必须抒发自己的感情,能感动读者,触发读者的情愫;二是好散文要有一点新发现、新见解、新感受,作者要写出心中的感觉,眼中的发现；三是要写出深刻的对生活的观感，追求思想的深刻性，能让读者去思考；四是好散文要满足读者审美的需求，它是美文，要有艺术感染力。他又说，要求四者兼备是很不容易的。具备其中之一就不错，具备二条、三条就更好。林非会长对于散文的观点一直影响着我的散文创作。

在1995年庐山传播大会期间，来自韩国釜山大学中文系的金惠俊教授，一家三口同行，小男孩未满五岁。在游览中，父母总是让小孩自己走路，从不抱他或背他。有的代表很担心，但他们夫妇异口同声说："从小多让孩子锻炼锻炼。"林非会长见小孩很可爱，常常极亲切地逗一逗小孩，轻轻地抚摸一下孩子的头，童心盎然。金惠俊先生在会上介绍，韩国现有六十多所大学设有中文系。釜山大学1972年就有了中文系。他是1987硕士毕业的，对中国新时期散文非常有兴趣。他翻译了林非的《中国现代散文史略》，并说这本书在韩国受到欢迎。

1996年11月1日，"'96海内外散文旅游文学三峡笔会"在宜昌——重庆举行。来自北京、广东、广西、福建、江西、湖南、湖北、重庆、四川、内蒙古、山东等地的散文作家、理论家、学者教授六十余人参加会议，韩国的随笔家金镇植、汉学家金惠俊也应邀出席笔会。与会者乘船游三峡。由于旅行社所包的轮船较小，名为三等舱，实则比别的四等舱条件还差。作为会长的林非坚持坐三等舱。几经劝说，不肯改坐二等舱，他说，能节约就节约一点儿。况且同与会代表、朋友在一起更快乐些。当我听到这几句真诚的平常话时，真的被感动了。林非会长的平易近人，更使我由衷对他备感敬佩。中国传统的等级观念是根深蒂固的,也浸透到了文艺界。而林非会长则与众不同。回想好多年前,"中国作家诗人三峡采访团"发生过北京两家报纸的编辑,因巫溪旅馆条件较差,住房标准不一样,而引起攀比,互不服气,弄得省文联领导相当尴尬。当时的情景还历历在目。从一件小事,足可以区分出作家、学者的不同境界、不同胸襟、不同风范。于是,我对中国散文学会这个群众组织更加热爱,对学会工作极尽绵薄之力。

船停泊在神女的故乡——巫山县后,与会代表满怀兴致去游览"小三峡"风光。小三峡风景旖旎,秀甲天下。诗人徐迟曾赞叹:"大三峡不如小三峡,小三峡不如神农架。"可是天不作美,当轻巧的柳叶舟航行在碧绿清亮的大宁河,刚刚驶过龙门峡不久,忽然大雨滂沱,倾盆而下。上游的洪水从天而降,遥见洪水滔滔奔流而来……船老板当机立断,调转船头,飞流而下。我们上了码头后,大雨仍未停止。巫山县城小,返城的中巴车少,不得不在雨中候车。此时此刻,只见年过花甲的林非会长,仍旧平静地与代表们一起等车,心境平和,不急不躁,面带微笑,脸上淌着雨水,不时地安慰我们东道主不要着急,还幽默地说:"这真是人不留客天留客。看来,大家还要再次游小三峡啦!"

对一个人的直觉,第一印象,虽是表层的、不全面的,却往往也是个人的深刻体验,最令人忘怀不了的。我忽然想到欧洲最杰出的一位女作家的话来,"尊重你自己的直觉,大胆地听从自己的直觉"(伍尔夫)。不仅阅读作品是这样,看待一个人又何尝不是如此呢!

柯灵的正气歌

很早时候,我就知道柯灵的文名。先是看他创作和改编的电影《不夜城》《为了和平》等,而读他的忆旧散文则是最近的事。在《往事随想·柯灵》(四川人民出版社出版)里,我读到了很多有关他的自传资料和上海文坛掌故,真有一种喜出望外的快慰心情。了解一个作家,莫过于细读他的作品。

柯灵是靠自学走上文学道路的。他年轻时就接触了"五四"新文艺,有幸阅读了同乡鲁迅先生的作品,初步懂得了对人世的爱和憎,在字里行间,他看到了一颗崇高的战斗的心灵。后来,到了上海,适逢"左翼文学运动"蓬勃兴起,他就积极地向报刊投稿。从20世纪30年代到40年代,先后编辑报纸、报纸副刊二十多种。尤以筹备创办香港《文汇报》和在上海编《文汇报》副刊《读者的话》《世纪风》影响广泛。1938年以来,柯灵创作和改编《秋瑾传》《不夜城》等十几部电影和舞台剧本,早已卓然成家。

"八一三"后,上海沦陷,被日本侵略者四面包围,形如孤岛。这就是上海的"孤岛时期"。许多作家转移到内地和香港。

在留沪的前辈作家中，王统照、郑振铎、巴金、李健吾、胡愈之、陈伯吹、王任叔、周瘦鹃等，为上海"孤岛"时期的文学做出了各自的贡献，构筑起一个强大的抗日文化堡垒。

1937年至1945年八年间，柯灵一直留在上海，在编辑报刊中讨生活。他在《万象》编辑部时，有一次，大概是7月的一天，张爱玲给柯灵送来一篇小说稿子《心经》。不久，这篇小说被编发在《万象》杂志上。

这个时期，张爱玲在写作上很快登上了灿烂的高峰，转眼间红遍了上海。滞留隐居在上海的少数前辈作家，欣喜地发现了张爱玲，并热情关心她。不久，她的《传奇》出版。但她的辉煌鼎盛时期只在1943年至1945年。有人高度评价她的艺术技巧和成就，肯定《金锁记》是"我们文坛最美的收获之一"（迅雨），同时对《连环套》提出了严格的指责。对于她的《秧歌》《赤地之恋》指出其致命伤在于虚假，文字没有作者原有的美，不像写《金锁记》《倾城之恋》时的手笔。当时，抗战高于一切。张爱玲的作品不为同时代的人所认同，受到文坛一片指责，被视为"离谱"和"旁门左道"，为正统所不容，也引不起读者的注意。就在这时，柯灵大声呼吁："偌大的文坛，哪个阶段都安放不下一个张爱玲！"他也曾指出她作品中的缺点，但他充分肯定张爱玲的小说和散文，均有不容忽视的成就。"她的散文集《流言》，隽思闪烁，妙语缤纷，大胆的真实，巧妙的比喻，幽默的讽嘲，得心应手、自然熨帖的文字，蕴凝重于洒脱轻盈，在散文领域中，显出她独有的风格。"（《中国新文学大系·散文卷》序）。

1953年，张爱玲飘然离开大陆。"半生漂泊，孑然一身，魂丧海外。"从此，张爱玲的名字在大陆湮没了三十余年。在中国现代文学史上，也不见她的名字。直到20世纪80年代，她才铁树重葩，在书林次第争发，受读者赞赏。《金锁记》等作品重印，一版再版。有的作品已搬上荧屏，"张迷"日渐多了，颇令人感慨无限。柯灵堪称张爱玲的"道义之友"。

抗战时期，梁实秋出版了《雅舍小品》，大都取材于日常生活现象，情趣盎然，有感而发，言近旨远，皆成妙谛，脍炙人口，可读性高，行销不衰。可是，却被人批评与抗战不合时宜，不适应抗战的要求；又被人指责为写"身边琐事"云云。恰好梁实秋在接编《中央日报》副刊《平湖》的开场白里说："现在中国抗战高于一切，所以有人一下笔就忘不了抗战。我的意见稍为不同。与抗战有关的材料，我们最为欢迎，但是与抗战无关的材料，只要真实流畅，也是好的，不必勉强把抗战截搭上去……"结果，被有些批评家指斥为文艺"与抗战无关论"。在全国引起一场激烈的论争，轰动一时。

柯灵却甘犯众怒，为梁实秋的"抗战无关论"大胆鸣冤，表现出一个艺术家的良心和勇气，充分显露出他强烈的正义感。在文坛上，唱响了一曲嘹亮的正气歌。他认为，要全面理解梁实秋的那段话，一切服从抗战需要是天经地义的，但不容许少量与抗战无关的作品是死板的机械的强求，不能把生动活泼的文化功能缩小、简单化为单一的宣传鼓动。不赞成"言必抗战，文必杀敌"的主张；不同意一概否定写"风花雪月""身边琐事"的作品。他理直气壮地说,"风花雪月,何害于人,何碍于文,又何损于革命!"没有个人,没有个性,没有真性情,何文学之有?柯灵能"秉大公心,奋笔春秋",实在可钦可佩!

鉴往知来。"温故而知新,可以为师矣。"文学前辈柯灵先生的正气和勇敢,足可以为我们今天之良师也。

梁实秋的《雅舍遗珠》

对于阅读作家的作品集，我历来有个习惯，必先读序言（自序、代序），再读后记、跋语，然后开始按顺序阅读正文，圈圈点点。不久前，在新华书店看到梁实秋先生雅舍系列丛书，含《雅舍小品》《雅舍随笔》《雅舍杂文》《雅舍谈吃》《雅舍忆旧》和《雅舍遗珠》六册。因为以前购买过不少梁实秋的选集，便只选购了一册《雅舍遗珠》（武汉出版社2013年出版）。

大凡编选一部、一套作品集时，编者总会谦虚地说：难免"遗珠之憾"。梁实秋在他漫长的文学生涯中，历经曲折坎坷，曾以诸多笔名在各种报纸杂志上发表了很多作品，由于种种历史原因散落各处，不少文章一时未被搜集或未能收入作品集，确实存在"遗珠之憾"。难能可贵的是，本书编者在参考现已出版的各种相关文集的基础上，"精心搜罗、补充梁实秋以笔名发表在各种报纸杂志上的文章，然后按题材和内容特色重新编排，并参阅相关文献，对所选作品原文及相关引文进行了修订和校正，最终汇成梁实秋文集雅舍系列丛书"（《编者说明》）。此书值得肯定的是，它尊重原文，力求最大限度地保持作品的原貌，忠实地呈现作品的原意,从不同侧面向当今读者展现了梁实秋真实的文品、人品和足迹,以及他的文学思想、文学观念。故用《雅舍遗珠》命名此书,是再恰当不过的了。

本书分"亦知柴米贵""时闻鸡犬鸣""行到水穷处""坐看云起时""清福出小语"和"寂寞生滋味"六辑,凡一百篇。这些作品题材广阔丰富,既有柴米油盐,也有风花雪月;既有行走祖国的山川游踪,也有旅游域外的种种风情,或所见所闻,或所思所感,写得情真意切,性情率直,个性独具。那思想之自由,随意生发;那独立之精神,见解鲜明,无不流露在字里行间,真乃深谙散文随笔小品的精髓。比如,一只流浪街头无人喂养的野猫,夜晚蹲在家门前守候你,听到一声"咪噢",你就不能不心动一下。恻隐之心,人皆有之。自家的"白猫王子听得门外有同类的呼声,起初是兴奋,观察许久,发出呼噜的吼声……对于这不速之客,白猫王子好像不表欢迎。一门之隔,幸与不幸,判若霄壤。一个是食鲜眠锦,一个是踵门乞食。世间没有平等可言!"(《一只野猫》)作者于平实细微之中,发出冲天之大慨!他的良知显然是可以触摸得到的。读者往往只知其擅写风花雪月、花鸟鱼虫、油盐柴米、身边琐事,却不知梁实秋也于平常小题材中折射出鲜明的大爱、褒贬与沉思。

作者足迹北自辽东,南至百粤,走过十几个省。可在梁实秋眼里真正流连不忍离去的地方应推青岛。至今青岛的房屋建筑,"仍有德国人的痕迹。例如房屋建筑,屋顶一律使用红瓦片,山坡起伏绿树葱茏之间,红绿掩映,饶有情趣。"接着写青岛的宜人天气,"春有百花秋有月,夏有凉风冬有雪",美不胜收。"樱花我并不喜欢,虽然第一公园里整条街的两边都是樱花树,繁花如簇,一片花海……可是花没有香气,没有姿态。樱花是日本的国花,日本和我们有血海深仇,花树无辜,但是我不能不连带着对它有几分憎恶!"(《忆青岛》)我读到这些文字,备感舒畅气爽,内中蕴含着思想与艺术的力量,一枝一叶总关情。又比如,梁实秋在《美国去来》一文中,于草草巡游一番美国之后,感慨万千,"一面惊叹其各方面之长足进展,另一面又不禁为其前途深抱隐忧。但是最萦心的还是我们自己的祖国的前途。美国的休戚,与我们息息相关,可是我们自己的国家才是我们自己安身立命之处。于是摒挡行装,赶快回来。"对祖国的热爱一往情深,感人肺腑。梁实秋的气节、风骨和忧患意识充满于文字之中。类似的精彩篇什几乎俯拾皆是,不胜枚举。但众所周知,梁实秋也有不少观点与当时文坛的主流不尽一致,印象最深的要数他和鲁迅等左翼作家"笔战"不断。而今看来,似不足为怪。作家最终靠作品说话。谁为后世留下的好作品乃至经典之作愈多,谁就会受到文学界与广大读者的肯定与追捧。我们在阅读过程中当须独立思考,从好的方面想。

并不是因为《雅舍遗珠》曾经散落而更觉其美,实在是这一百篇作品中绝大多数自有其趣、自有其味、自有情致、自有美感。同梁实秋的其他散文随笔小品一样,其艺术技巧别具一格,融情趣、幽默、智慧、学问于一炉,潇洒隽永,儒雅诙谐,文采翩翩,不愧为中国现代散文的大家。如同冰心先生所说,"一个人应当像一朵花,花有色、香、味,人有才、情、趣,我的朋友,男人中梁实秋最像一朵花"。

我喜欢读梁实秋,自愧弗如。

柳萌和他的《悠着活》

1994年盛夏，在北戴河的"作家之家"，中国作协组织会员避暑度假。每年各省安排三批，每批两位作家（可带夫人），约七八十人，历时十二天。集体参观游览之余，有的夫妇俩在树荫下独坐；有的在院内太阳伞下聊天；有的随意在大楼门厅小聚，听前辈（如张光年）讲文艺界大风大浪的往事。度假期间，我认识了张光年同志、柳萌夫妇、朱光亚夫妇等。柳萌，原名刘濛，天津宁河人。他是著名编辑家、散文家。历任《乌兰察布日报》文艺编辑，《工人日报》文艺部组长，《新观察》编辑组组长，《中国作家》编辑，作家出版社副社长，中外文化出版公司总编辑，《小说选刊》社长、编审。曾担任第一、二、三届鲁迅文学奖评委，首届郭沫若散文奖评委。著有散文随笔集《寻找失落的梦》《生活，这样告诉我》《珍藏向往》《当代散文名家精品文库——柳萌卷》《中国当代散文精品文库——柳萌散文》等十余部。

在北戴河避暑度假时，柳萌先生的工作岗位尚未落实。后来，在《小说选刊》上惊喜地在"社长"一栏看到他的大名。日子总算安稳下来了。我每出版新著后，总不忘送给我认识的良师益友，请其雅正。自然少不了寄赠柳萌先生。1996年7月，拙著《追赶日出》由珠海出版社出版。他收到拙著后，百忙中不忘回函："多谢惠赠大作。在报刊上常见您有新作问世，您的勤奋实在让人感佩。比起您来我要懒散的多。各地文友时有新书赠我，无形中是种鞭策，我当加倍追赶才是。有机会来京，欢迎来舍下叙叙。顺颂大安！柳萌1996年11月15日。"

2009年夏天，我收到他的大著《悠着活》（作家出版社2006年6月出版），扉页题写："华章先生哂正。"落款："柳萌2009年夏"。这是一部柳萌散文随笔的自选集。分《心灵记录》《往事余痕》《短笛轻吹》《生活小曲》《冷暖景色》《童年记忆》《人间世相》《真诚倾诉》八辑，凡一百二十五篇，四十六万字。

我从他的散文中，粗略了解到柳萌先生一生坎坷，历尽艰难。早在20世纪50年代初期，他开始发表文学作品。此后不久就交上了厄运。在他的那些极平静的叙述中，无比难言的悲凄、心酸和血泪，浸透在字里行间。不能说是"自己命运不济"，而是"时代怠慢"了他，超过了人的极限。"我一直在艰难中跋涉。那种没有尊严的痛苦日子，在我的心灵刻下深深烙印"。他曾饱尝了命运的颠沛，生存的困窘，精神的压抑，人格的凌辱，筋骨的磨难，直到"文革"结束后"平反"，才回到北京。这二十二年的苦难历程和不寻常的生命感受，这二十二年的"贱民"生涯，终于变成了精神财富。于是，柳萌的散文注重现实生活、贴近群众、饱蕴真诚、深含意味、悠远丰邃，形成了独特的不同于众的风格。读完《勿忘我》《回味酒》《聚会》《腕上晨昏》《得大自在》等篇，他那人生的滋味令人心动。评论家奚学瑶高度称赞：柳萌是属于当今散文文坛上的"这一个"。

柳萌的人生坎坷经历和生命的苦难体验，虽在他的散文作品中打上了烙印，但没有化为怒不可遏的声讨与控诉，而是以其性情中特有的豁达、宽容，加以审美化的咀嚼，挖掘出具有启迪意义的生活真谛，从中引申出浓郁的人生况味。加之他惯用的朴实、平淡、天然、清新的叙述文字，"寄至味于淡泊"（苏东坡），使他的散文"如茶"。我们湖南人有句俗话："冷水泡茶慢慢浓。"这样泡出的茶淡而有味，有先淡后浓的艺术韵致与审美特性。品读柳萌的散文可深切感受其性灵之美、人格之美、艺术之美。

当柳萌开始成了"自由"人之后，不再为工作操心费力了，反而觉得时间过得快。想来想去，关键还是自己的心境，它决定着生活的质量。柳萌迁入新居后，总算有了个客厅，便挂出著名诗人艾青赠他的条幅："时间顺流而下，生活逆水行舟"。他说："老诗人的这句话，无形中给了我一定的启示。"另一位大诗人牛汉写给他的条幅："得大自在"。他悟出，就是一切顺其自然。当他略尝了"自在"的滋味后，进而让自己活得"大自在"些。"完全按自己的性情生活，悠闲自得地读书写作，日子过得倒也颇为宁静淡泊"。这才是人生最可宝贵的。

莫言赠我签名本

2007年春暖花开时节,在三峡宜昌第一次见到著名作家莫言。第一印象深刻,他身胖头大,儒雅斯文,佛相善面,满腹经纶。唯常抿着的嘴,透露出他的自信力。也难怪,他是中国当代最具影响力的实力派作家,且在国外也有声名。一个作家就是靠自己的作品出名的。莫言从1981年开始发表作品,之后接二连三地出版了小说《红高粱家族》《酒国》《天堂蒜薹之歌》《檀香刑》《四十一炮》等九部,以及《透明的红萝卜》《爆炸》等中篇小说二十余部,这串"连珠炮"一爆炸,便轰动了文坛,震撼了全国。

莫言,1955年生,山东高密人。1976年应征入伍,1997年转业,在人民解放军的大熔炉里炼出了思想和文化的水准,自有一身过硬的本领。这兴许是他从事文学创作的坚实基础。

莫言先生来宜昌,不是宜昌文艺界所邀请,而是在宜昌投资的大商家开工剪彩特邀来的贵宾,意在"名人效应"上做文章。本地几位作家和一批知名记者应邀作陪,算是应尽的一种礼节。出乎意外的是,经介绍之后,在一片热闹声中与莫言先生小坐、寒暄。他拿出大著《丰乳肥臀》持赠给我，并在扉页上题签："莫言2007年3月31日，於夷陵"。一笔书法家的好字，让人钦羡。该书由中国工人出版社2003年9月出版。18开本的大部头，59万字，系最新增补修订版。书的封面变得素洁。便不禁想起该书在中国文坛上所引起的那场轩然大波……

《丰乳肥臀》三易其稿，在云南《大家》杂志发表后，于1997年夺得当时期刊有史以来最高额十万元"大家"文学奖。一时在作家、读者中产生了广泛的影响。书出版后，因为"封面很恶俗，是一个裸体模特的正面，袒露出丰硕的双乳"，加之"书名扎眼"，于是引起很大的争议。被有些批评者认为，"充满了叛逆与审丑"，甚至更被许多人大骂特骂，遭到了强烈的批判。一个作家能承受生命的如此之重，委实不容易。如今新增修订版，封面设计改了。想必那许多人是会欣然接受的。

其实，《丰乳肥臀》从思想和艺术观之，堪称"华语新经典"。作者在开卷页上题记："谨以此书献给母亲在天之灵。"这部小说热情讴歌了生命最原初的创造者——母亲的伟大、朴素与无私，歌颂了生命的沿袭与流程的重要意义。作者浓郁的生命情结，赋予了小说强烈的生命气息，凸显出强烈的生命意识。连用两个"强烈"，意在强调欣赏者的阅读感受而已。

仔细品读这部巨著后，从弥漫着历史与战争的硝烟中，真实地再现了一段特定时期的历史。所描写的深重苦难：一个母亲拉扯一串女儿，辛劳哺育，仍旧饥饿；所构造的自由性爱的天空：每一个女儿都有不同的父亲，民风淳朴、愚昧，看后莫不悲伤。

作者独特的艺术感觉,新异的想象力和神奇感,以及对西方现代派技巧的应用,都给当代作家留下了可资借鉴的创作经验。

无意中发现厚厚的书里,夹着两帖硬纸"藏书票"(长20厘米,宽5.5厘米)。在过去的名家书中,特制作一贴藏书票并不少见,颇具珍藏价值。而今已属罕见。其中一贴画有女人裸体的正面,袒露丰硕的双乳。影印出作者原稿的手迹:"大姐解开衣扣,袒露出精美绝伦的双乳……"似旧版封面的缩影,并有莫言的签名,给人以无尽的回味与思考……莫言啊,莫言。

莫言在其他会议上的发言和讲演,几乎离不开谈论生活与创作关系的话题,离不开作家与故乡的话题。在宜昌的这次会上,莫言津津乐道的依旧是这个老话题,依然深深地打动了我的心。一个作家的创作,无论怎样的"个人化",也必定有他植根的土壤。"没有故乡就没有诗人"(伍尔芙语)。莫言的小说,都有一个普遍的社会背景,那就是山东的高密县。那生动新异的故事情节,那平实淳朴的语言文字,莫不是从生他、养他的根系上汲取的丰富养料。

女作家刘真掠影

重新翻开刘真的短篇小说集《长长的流水》，那扉页上的签名和书店的紫色图章，勾起了我的回忆。这本书于1963年8月由作家出版社出版第一版，1964年2月第二次印刷。一部短篇小说集，短短半年时间，印刷了11000多册，可见当时是广受读者喜爱的作品。我是1978年10月跑武汉古旧书门市部觅到的。不是真想看，是不会买回来的。尤其是经历了"文革"十年后，竟然还能觅得此书，会不会有些缘分？

刘真（原名刘清莲）是从一个"红小鬼"成长为著名作家的。抗日战争爆发后，她全家人从山东逃到了冀南抗日根据地，参加了革命工作。等到刘真九岁，她就参加了部队的宣传队，排戏、唱歌、贴标语、学识字，做了"小八路"。1941年精兵简政，她上小学读书。可是，日本侵略者开始残酷的"大扫荡"，上不成学校，就去干通信员和交通员。剃了光头，大家都叫她"红小鬼"。1943年，党把她送上了太行山；解放战争中，她一直在前线的文工团。

刘真的家乡在山东夏津的农村，她从小生长在运河边。而在太行山时，山下也有一条长长的小溪，弯弯曲曲地往下流。因此，她对江河有一份特别的感情，心中总是流淌着一条"长长的流水"……

刘真是以写短篇小说、散文而知名的。先后出版了短篇小说集《春大姐》《密密的大森林》《长长的流水》《英雄的乐章》和《刘真短篇小说选》，还有散文集《山刺玫》等多部，大部分是写农村少年儿童和妇女的苦难遭遇和对革命胜利的坚定信心。作品质朴清新，真挚感人。1949年部队送她到东北鲁迅艺术学院学习，1951年开始发表作品。以后又在中央文学讲习所学习了两年。20世纪50年代，在中国作协武汉分会从事专业创作。在她的创作生涯中，每一步成长，都是党和人民给予的，也是文学前辈的心血浇灌的。她在《长长的流水》的《后记》中写道，她念念不忘严文井、赵树理和艾芜等等良师的热情帮助与指导。

1981年1月4日，葛洲坝水利枢纽工程大江截流。这一天，女作家刘真"坐在长江截流上游的轮船上"，见证了这举世瞩目的一切！1985年5月，为了开发长江，建设三峡，国务院决定成立"三峡省筹备组"。由水电部副部长李伯宁任筹备组组长。三峡省各厅局（筹）也相继组成。从北京、湖北、四川抽调了大批干部，走马上任。

刘真的丈夫刘枫晓同志，原任文化部艺术局局长，调三峡省（筹）担任文化厅负责人。身为作协河北分会副主席的刘真，也因情系三峡，兴致勃勃地随刘枫晓而来，再次到三峡体验生活，进行创作。寓住在宜昌桃花岭饭店五号楼。

1985年金秋时节，中国文联作家、艺术家访问团一行五十余人，相聚宜昌，乘"轻舟"号游轮溯江而上，参观访问三峡名胜古迹。作为访问团工作人员，我参加了全部活动行程。有幸认识了许多著名作家、诗人和艺术家，其中有来自上海的峻青、叶楠，来自北京的康濯、徐锡宜、燕燕、陈连生，来自广东的李汝伦、李士非、韩笑，来自山东的苗得雨，来自安徽的曹度，来自南京的贺成，来自辽宁的作词家邢籁，以及武汉的李德复、赵国泰等等。刘真算是半个地主，活跃在同行们中间，年过半百，精力充沛，谈笑风生，那一副厚厚的近视眼镜，挡不住她耀眼的光芒，好像当年的部队文工团员又回来了。在昭君故里香溪，在神女的故乡巫山大宁河，只要游船一拢岸，她就冲向水边，很有兴味地把那些出类拔萃的石子捡起来，放进她的衣袋和提包内。

从三峡归来，刘真应《三峡文学》之约，交给我一篇大作《小石子，大世界》，乍看，在正规的三百字的稿纸上，字迹有些潦草，涂改处不少。但仔细读来，非同一般。一开头就吸引了我，"我幼儿和童年的许多景物，都是点点的灯火，照亮着我的心，是我的希望，我生命的本身。"……"我也捡到过一颗，好像全世界的美，都在我的手中了……""每到一地，我们在比，要显示每一个人都有几块他们最心爱的大大小小的石头子儿。……"她最爱的，"有一颗活像一只熊猫的眼睛，第二颗两面都像晴朗的天空，而面上都有一群小小的飞鸟，鸟儿要我猜想它们要飞向何处去？……"结尾寓意深刻，情深谊长。"石子儿在说：'我无力改变我的质体，我的形状，不管在水底在岸上，我只能仰望，大世界能容我，使我不消失，不泯灭，这就是我的幸福，我感谢。'我，一个血肉的躯体，只觉得双手握着的不是石子儿，是美，大自然的全部，美的永恒。我爱它！"

自从读过《长长的流水》和她的散文过后，常常引起我心灵的震撼，一种钦敬之情油然而生。她住在桃花岭的日子里，我常去拜访她。刘真是山东人，喜欢吃面食，尤其是饺子。我家离桃花岭近，有一次，给她送去家里包的饺子。她取下眼镜，闻了闻，现出很快乐的样子。

记不得了，也许是一年后的某个冬日，我出差到北京，抽空去看望她。刚一进门，暖气扑面，刘真正在煤炉盖子上烤馒头吃。面前没有摆几碗几盘，只有一瓶辣酱。她仍旧吃得那样节俭。刘枫晓同志笑着说，她在家里都是吃馒头过日子的。刘真热情爽快地非留我吃中饭，立刻请枫晓同志去买菜，并嘱咐买一只北京烤鸭。这一顿温馨的中饭，烤鸭的酥香，至今记忆犹新。

不知怎么一转念，她又想起三峡的小石头子儿来了。小小三峡石是她所喜爱的，她把几枚三峡奇石供置在书桌上。我想起她曾写过的话："我觉得我手中握着的，不是大大小小的石头子儿，我握着历史的过去，握着现在，眼望着未来。……我爱它！"

此时此刻,我感觉到三峡的浪涛,泄洪闸的急流,三峡工程最大、最难的截流,都从她的眼前流过,也从她的心里流过……

沈从文过三峡

中国历代文人过长江三峡，无不为西陵峡的滩多流急而触目惊心，"三朝又三暮，不觉鬓成丝"；无不为巫峡的秀丽而欣然命笔，"行到巫山必有诗"；也无不为瞿塘峡的雄奇而惊叹不已，"不尽长江滚滚来"……

1951年10月25日，沈从文被分配到四川内江参加"土改"工作队，下午七时上火车，一队人马离北京至武汉，然后溯长江而上，从宜昌入三峡。入峡这一天正是11月1日。他在致夫人张兆和的信中写道："船今天已入峡，一切使人应接不暇，动人之至。孩子们实在都应当来看看的，真是一种爱国教育！"三十多年前，沈从文曾在湘西的一个军队上吃粮（当兵），浪迹于湘黔川边境上时便神往于三峡，却终未能如愿。此时此刻，沈从文头一次入峡，那一见钟情的激动是可想而知的。他在信里前后三次用了"动人之至""动人得很""感人之至"来表达自己的赞叹之情。即便没有具体的描写，他的夫人张兆和（江浙名门闺秀、后做《人民文学》编辑）也一定会读懂其中千言万语的情思，而张扬起想象的翅膀。

西陵峡，峡中有峡。在沈从文的心目中，这是"一个重要峡"，已过"清冷峡"（应为崆岭峡——引者注）、"兵书宝剑峡""新滩""秭归""巴东"。昭君村和屈原宅也过了。唯有"屈庙"与他心中的向往和历史的应有情形不大相称：眼前的屈原沱岸上的屈原庙（距老秭归城东五里许），"不过如一个普通龙王庙矗立于半山岨而已"。足见伟大爱国诗人屈原在沈从文心中的崇高地位和文化重量。如此小庙怎能装得下屈原的伟大呢！

西陵峡留给他的深刻印象是流水急、色黄浊、山高陡绝与壮而犷悍。"前后通是山，水在山中转……水急而深。船一面行进一面呼唤，声音相当惨急。两山多陡绝。特别好看是山城山村，高高吊脚楼，到处有橘柚挂枝，明黄照眼。小湾流停船无数，孩子们在船板上船棚上打闹。一切都如十分熟悉又崭新陌生。"沈从文从小流连于沅水流域的城镇与码头，沅水清绝透明，两岸青山秀峭，别是一种风景，其美尽在他《湘行散记》的字里行间。而初入峡的沈从文虽对长江三峡了解不太深，但描述还是相当老到的。令人不能不十分佩服他的艺术天赋。

轮船在艰难地前进，那急行的声音，让他联想到李白、杜甫、白居易、陆游从前过三峡的沧桑情景，那悲哀就像流水一样层叠于心。

巫峡以秀丽擅奇天下。过神女峰，沈从文和土改工作队员一样，完全被峡景所吸引了。"秀拔直上天际，阳光强烈，因之斑驳白赭相间，特别美观。"这种奇遇似远离了"流行色"。惯常过巫峡神女峰，天气大多为云雾缭绕，神女峰像罩着薄纱似的，俯视江上，含情脉脉，更加妩媚动人。想必是土改工作队员即将奔赴斗争的最前线，老天格外恩赐，为他们事先洗刷一番身上的"小资"情调吧？沈从文一向是追求美的。他正用眼和心寻觅着，观察着，思索着，巫山"上流一点有个山，山头圆圆的，上面有个相当大的庙宇，可能是什么楚王神女庙（高唐观——引者注）。下游一点一个尖山，相当高，上面也有个小庙，好看得很"（即大宁河渡口那座尖山顶上的小庙——引者注）。在长达四十二公里的巫峡中，神女庙的确有好几座。神女故乡的黎民百姓，因感恩于神女为其护航、为其采药，就在显眼的位置修建多座庙来祭祀她，可见广大百姓是爱憎鲜明的。神女峰不仅是巫山顶上一块独具人形的奇石，更是我们心中的真、善、美的女神！

沈从文在新中国成立前后，曾受尽毁谤，身处逆境，脱离文坛，放弃了文学创作。但他的文学理想依然深埋在心中。同行的其他队员都靠在船边玩，或说笑话，或看江景。可沈从文却泛滥着另一番心思："照我理想说来，沿江各地，特别是一些小到二百或不过三十户的村镇，能各住一两月，对我能用笔时极有用，因为背景中的雄秀和人事对照，使人事在这个背景中进行，一定会完全成功的……可惜不易得那么一个机会。"

这一次，沈从文过长江三峡，特别使他感动的是，那保存太古风的山村，那在江面上下的帆船，那三三五五纤夫在岩石间的走动，那江上已经起了的薄雾，那江边货船上的装货呼唤，那弄船人的桨橹咿呀声、船板撞磕声，还有那黑苍苍的大鹰就（岩鹰）在江面上啄鱼的雄姿，一切都自然综合成为一个整体，融合于迫近薄暮的空气中,动与静契合,雄与秀并存,而与环境又如此调和……这一切,都在他生命中"形成一种知识,一种启示,——另一时,将反映到文字中,成为一种历史"。然而,所有这一切都只剩下了美好的回忆与深沉的反思……

舒新城与船的情结

"辞海之父"是人们发自肺腑对舒新城的美誉。他1893年出生于溆浦东乡刘家渡，喝溆水长大，长大后又坐船从溆水出发，到外面去闯荡世界——脚踩沅江风涛，攀登蜀道之难。1936年他应中华书局总经理陆费逵之相邀出任中华书局编辑所所长兼图书馆馆长。他倾尽心血，全力主编《辞海》这部皇皇巨著。该书于1936年在上海出版发行。他也因此而闻名于世。1957年6月，毛泽东同志在全国人大会上见到他说："《辞海》我从二十年前使用到现在。在陕北打仗的时候也带着，后来在延川敌情紧急的情况下，不得不丢下埋藏起来，以后就找不到了。现在这部书太老了，比较旧，希修订一下。"并仍请舒新城"挂帅"。1959年春，《辞海》编委会成立，舒新城被任命为主编，确立了出版方针。可他1960年病重，竟遗憾辞世。他先后主编《辞海》的丰功伟绩，为国人所敬仰，也成为我们乡亲的骄傲。

舒新城大概只有六七岁时，便与水亲近，而酷爱水。"每逢秋季鱼汛的时候，便会'喜而不寐'地同父亲叔父们在水中过夜。同时对于水上的船，更是感觉无穷的趣味"（《故乡·

船》)。

  他的故乡刘家渡,从这三个字看去,就可知道是一个有河流的场所,面对着溆水的正流,左倚着其支流的高门溪。船,在他的大脑中,似乎有一种特殊意象;对于它,有一种说不出的好感,而且永久都是感兴趣的。舒新城故乡的船,是溆水河里借人力、风力、水力推动的帆船,没有篷子,俗名"小舢板"。前不久,我回溆浦,登上新修的"护邑塔",远眺青山橘林,俯瞰向西而流的溆水,在这里绕了好几个弯儿,越看越像太极图形,我惊喜地发现温柔的水湾里静静地停泊着五六只小船。心里想,这大概就是当年舒新城感兴趣的故乡的小船。谭主任介绍,这小船平时用来网鱼虾,或赶鸬鹚捉鱼;节假日搭客人去下游的"新潇湘八景"之一的思蒙旅游。此时此刻,一想起来便有一股诱人的魅力。

  小时候,舒新城的同学家里有一只大船,是可载重二百担的货船,航行于沅江的常德、津市,每次船回来,停泊在沙洲的渡头旁。因为父亲与同学的父亲偶然的相遇,便有机会在月夜中走上他家的船。这时,舒新城"发现了河中月色的皎洁,远在天边的月色之上;发现了船上也一样地可以住家,而且可以'四海为家','中天望月',我当时真是喜得手舞足蹈"(《船》)。同学的父亲将航行沅江的种种故事讲给他听,越听越生动、越有味、蛮新鲜,舒新城竟至不愿归家而要随同学的父亲去走遍天涯……

  舒新城儿时的这个愿望,有如水中捞月。但他父亲答应他一个交换条件说:"你发愤读书,入泮(旧时学宫前的水池——引者注）的报子（入泮时报喜信的人——引者注）进屋那一天，我一定给你造一只船（《船》）。"父亲的许愿自然不一定能兑现。但自此以后，他对于船便常怀着无限的好感，正如他无限深情地写道："我爱它能载我浮江漂海，来往自如；我爱它能使我水中看月，江心观涛。而船夫们无忧无虑地野餐宿露，东泊西荡，更与我少年时代的冒险性相合"（《船》）。因此，他考进县立高小以后，每逢去学校时，便常设法搭船。刘家渡位于溆水上游，下水搭船方便、费时少。无意之中，他跟着船夫学会了荡桨撑篙的本事。悠悠溆水啊，不仅哺育了溆浦儿女，也从小锻炼了一代代溆水新人！沈从文一生最忘记不了的是沅水；舒新城也一定永远感恩于溆水！

青年时代的舒新城，走常德，去长沙，走遍了沅、澧、资、湘四水，历尽了许多险滩深潭，对于民船的生活，更感觉着多方的趣味。那一叶扁舟，放乎中流的画图，常常在他的脑海中映现。而最感动的则是他父亲的那片深情厚意。几十年后，父亲竟然雇工给他造了一只船。当他问父亲何以到现在要给他造一只船呢？父亲说，你从小是很欢喜船的。有它能载你去河中游行，你一定很愉快的。父亲的船，与父亲的厚意，舒新城一并心领了，在心底像燃起一把熊熊的柴火，暖和着他。哪怕漂泊异乡，远走天涯，只要想起那只载着浓浓乡情的船，故乡就不会弄丢，就不会忘记，就自然会重拾童年的记忆。"辞海之父"舒新城与船的情结，就是他与亲人的情结，与故乡的情结，与悠悠溆水流不尽的情结。

2023年4月20日修改于三峡荷屋

王朝闻的三峡情

知道著名美学家王朝闻的大名,是从我读他的《王朝闻集》中的《以一当十》《新艺术创作论》这两卷书开始的。当时,我正在学写文艺短论随笔。研读这两本书后,从中获益匪浅,深为王朝闻先生对文学艺术的精辟见解所折服,那优美的文笔,那洒脱随意的风格,读起来完全是一种美的享受。

1995年5月16日,王朝闻先生偕夫人解玉珍来三峡宜昌参观。见到久仰的王老后,我心里很兴奋了一阵子。

在陪同王朝闻先生参观访问中,发现他十分喜爱三峡奇石。即使穿小街窄巷,他也兴致勃勃。他在藏石家蔡静安的小平房里,一边欣赏蔡老珍藏的三峡奇石;一边抑制不住内心的激动,谈锋正健,见解独到,风趣诙谐。要是将这些内容记录整理出来,就像《以一当十》的新篇一样。原来,王朝闻自己也收藏各种奇石,精品不少。但他对三峡石的兴趣很浓,对一块块奇石左看右看,品味再三,爱不释手,啧啧称赞,并留下墨宝"得天独厚"四个大字,令人拍案叫绝!

触景生情,三峡奇石勾起王朝闻对三峡宜昌的一段怀念之情。他兴奋地对我们说，自己曾在宜昌居住过。那时，他才两三岁，是随参加川汉铁路建设的父亲来到宜昌的。这个话题王老念叨了好几次。连他的夫人都嘀咕他："你已说过了。"他微笑着说："儿时的记忆太深刻了，太难忘了！其实，我也是湖北人，生于麻城；但是在四川合江长大的。"作为文艺家，故乡往往是他创作取之不尽的肥沃热土，乡情乡恋刻骨铭心。

王朝闻先生生于1909年，时年已八十有六，美学著作颇丰，影响深远，被誉为中国美学界的"泰斗"。身边的王老，虽满头银发，但身体硬朗。俗话说，人从眼睛老，人从牙齿老，人老从脚起。王朝闻先生目光炯炯有神，看近望远都不费力；在餐桌上，他的牙齿好，喜欢吃四川的麻辣牛肉干，嚼得蹦蹦响；走路步履轻捷稳当。印象深刻的是他还有一颗童心，有一副热心肠，有年轻的心态。

他哈哈大笑的对我们说，几天前，在武汉一家餐馆吃饭，发现招牌有意思，名叫"冒牌川味餐馆"。于是，边吃边想，觉得饭店招牌很有意思：顾客倘吃得满意，一想这还只是"冒牌"的；如是真牌子的，岂不更好了。这对川味能起到宣传作用。万一顾客吃得不满意，也会原谅老板有言在先，本来就是冒牌的嘛！最后，他一言点睛：在生活和笑话中也包含着美学。

王朝闻先生在另一位藏石家家里参观之后，即景写下"拼命三郎拼命舞，拜石、吃石、藏石、抢石不顾情"。一句玩笑似的涂鸦，寄寓着他的一片真情，叫人开怀大笑，情趣陡添。

参观宜昌博物馆时，王老兴致更浓。边看边听，还不断提问题，不时记笔记。他对巴人、巴蜀文化和巴楚乐舞，十分关切，高度评价三峡地区的出土文物……

连续参观后，他仍不顾疲劳，在音乐家陈仲岳家里待了一下午，虚心听讲、听唱三峡地区的巴楚乐和巴山舞，表现出一位美学家的学而不厌的精神！他在题词中写道："三峡自然美与人文景观之联系，拥有可供发现的无限性。……"这位美学老人活到老，学到老，不断发现自然界与生活中的美，真令人感动不已。心中有美，眼中就有美，笔下才能有美。

他在临行前，依然对三峡满怀着眷恋。我们衷心祝愿美学老人心与三峡长存！

（选自散文集《人生四季》）

文坛漫忆

一

深秋的京华，寒流侵袭，颇有冷凛之意。齐聚在人民大会堂前厅的中国文联第五次文代会（1988年11月）代表们的欢声笑语，洋溢出温暖的气息。老中青作家、艺术家相逢，热烈握手，亲切问好，频频合影，坦诚交谈。在历史长河走了九个春秋的朵朵浪花，今天又汇入这欢乐的海洋之中……

我挤在人流中，兴奋地发现，除了照相机在不停地闪烁外，每位代表的那一双双眼睛也都变成了一架架照相机，各自在寻找、在选择、在拍摄，这无数的灯光和眼光交相辉映着。

我看见了著名女剧作家兰光，快步地向她走去，而她也发现了我，正朝我走来。她那爽朗的笑声依旧未改，她那诙谐的话语洋溢着热情："你好！不朽华章。我们又相逢了！"接着，她向身旁的一位代表介绍："这是'三峡通'。湖北宜昌有刘不朽和李华章。不朽华章，华章不朽。这名字多好，最好记，也令人难忘……"她的这一句"三峡通"弄得我真不好意思。然而它牵动了我五年前陪同兰光一行畅游长江三峡和大宁河小三峡的缕缕情思……年过花甲的兰光老师这时急切地发问:"小三峡还那么秀美吗?峡江橘子红了吗?三峡工程何时上马?"我兴奋地告诉她:"小三峡正式对外开放后,吸引着许许多多的中外游客,柳叶舟还是那样富有诗意;举世瞩目的长江三峡枢纽工程正在论证中。有赞成快上的,有主张缓建的,究竟是利大于弊,还是弊大于利,众说纷纭。我以为三峡像一个长梦,它永远牵动人们魂绕梦牵,永远引发亿万人民的情思,从孙中山先生到现在近一个世纪了。但这个'三峡梦'总会有圆梦的那一天,就像您的剧作《最后一幕》一样。"兰光老师笑了,大声地笑了……

二

有天中午,我又偶遇大评论家冯牧同志,同坐一桌就餐。我告诉他:"不久前,特意找来他的散文集《滇云揽胜记》拜读,您把七彩云南的山光水色、风景名胜融入字里行间,引人心驰神往。"他微微笑了,并告诉我:"云南并不是我的故乡。这是我有段时间心情不愉快,远离北京躲在那里写成的……"于是,我马上联想到一位作家诗人去年一年躲在南国花城装"哑巴",写出了两部书的事来……

1991年5月,《中国作家》杂志编辑部一行十八人前往恩施举办笔会,我陪同他们参观葛洲坝,游览三游洞。他们站在"至喜亭"前,个个惊叹不已,盛赞"今古奇观":向下俯瞰,宏伟的葛洲坝水利枢纽工程似长龙卧波;往上遥看,急流滚滚的西陵峡迷迷蒙蒙地映现眼前。冯牧主编穿着短袖衬衫，身材魁梧，胸前挂着照相机，神采奕奕，不停地拍照，口里称赞："三游直堪百回游"。并同我在"张飞擂鼓台"前的观景台合影留念。当晚，我送他们乘轮上巴东，冯牧坐二等舱，临别时，递给我一张名片。

长期以来，冯牧同志在我的印象中是一位权威的当代文学评论家，我也拜读过他的许多评论。而近两年他的评论似乎少了。于是，我关切地询问："您现在很少写评论文章了。"他轻轻地摇头，十分坦诚地说："文艺评论不好写啊！现在，我是两头受压，上面有说我的评论观点有点'右'；而年轻一代作家又有微词，议论我的评论是属于'浇花派'……"短短几句，其矛盾心态，悠悠思绪，坦诚可见，也颇发人深省！

在中国当代文坛，过去，由于"极左"思想的影响，"政治口号"的变化，使得不少评论家的文章的某些思想观念，在今天看来已不甚妥当了。历史无情，时间正在无情地淘汰它们。我想，这对于一个文学工作者来说，既让人感到惋惜，又有深刻的经验教训。而且更重要的是蕴含着丰富的艺术创造的真谛，启迪着广大的文学后来者。

文学前辈的这一席坦率诚挚的话语，凸显出冯牧同志的人格魅力和艺术良知。

2023 年 3 月 1 日于荷屋

文坛园丁田中全

学生时代的"文学梦"开始没多久，我陆续在《湖北日报》《长江日报》《光明日报》等报端发表了一些小诗和文艺短论，接着"好运气"又来了。1975年，湖北人民出版社田中全同志到宜昌来，商调我到出版社文艺组做编辑的事。当时，市文化局在平和里办公，看到田中全同志从局长办公室出来后，还紧跟着王局长，边走边讲，好像话不投机，我尾随其后，眼巴巴地望着王局长扬长而去。商调虽未办成，但他的热情，以及坚持不懈的劲头都留给我深刻且难忘的印象。

难怪上个月（2023年3月），老田发短信给我："华章，我们是老相识了，从1975年开始……"田中全是四川人，于1956年毕业于兰州大学中文系，辗转从中国作协分配到长江文艺出版社——其实是湖北人民出版社文艺和美术两个编辑组出书时用的名义，后来才有长江文艺出版社。他做了四十年文学图书编辑，从编辑、小组长、编辑部主任到总编辑；他还边编边写，是中国作协会员、文艺评论家。后来担任全省出版专业的高级职称评委。但我从不叫他田主任或田总编，而习惯叫他老田。从直觉看，在老田朴素的外表里蕴含着一种睿智、精明和能干。

1978年盛夏，湖北省文联在当阳玉泉寺办小说学习班（笔会），与会作者二十多位，大多是写诗和搞古典文学研究的。当时，我恰好借调在省文联工作，由沈毅同志负责，我和作家李德复协助编选一部庆祝建国三十周年的诗选《春的声音》，借此由头，也前去玉泉寺创作学习班联系一下作者，住了两天。老田是奉出版社领导之命前去协助看稿、选稿的。主持人沈毅交给老田的两部小说稿，经老田看后，觉得没有什么修改、加工的基础。正准备回武汉之际，诗人刘不巧提起，宜昌港务局的作者鄢国培正在写一部长篇小说，你们可不可以谈一谈？老田答允了。鄢国培见了田编辑，说他要写长江，写民生公司，写卢作孚"三部曲"……老田后来在《忆往事，怀老鄢》一文里写道，我听完他的介绍后，平淡地对他说："我现在很难对你的创作计划发表什么意见。是不是这样，你先把你认为写得最好的一章用稿纸抄出来，我看看再说。"他看了这一章后，觉得这个名不见经传的作者，"竟有这样好的文笔，流走活脱，清新灵动"；"竟能这样细腻缠绵地写出知识分子的情爱"。他敏锐地发现作者思想上没有什么约束，多年来的"左"的政治运动，"左"倾思想的影响，似乎都和他没有关系。作者写杨宝瑜回忆自己和朱家富在杭州西湖边因听琴相识，而后相恋的这一章，不仅"文革"中绝无，就是1949年后的"十七年文学"也属罕见。第二天作者问他看稿后的印象如何？老田做编辑的"智慧"就表现出来了。他不动声色，一句鼓励的话也没有，只是说，"再抄一章来看看。"就这样，作者抄了他看，他看了又要作者再抄，前后共抄出二十多万字初稿，他都一直未谈意见。意在暗中鼓励作者不松劲、不懈怠，一鼓作气，精益求精地写下去。搞创作也是要有匠心和"工匠"精神的，大凡工夫用足了，才有可能出佳作精品。老田最后对作者说："就照着你现在的写法，按照你原来的想法，赶快把它写完。"虽然没有一句赞扬的话，但鄢国培已明白对他小说的肯定了。

老田临走时对沈毅说："我看过的稿子，大部分都不行……鄢国培正在写的这部作品是我从事编辑工作以来所看到的最好的稿子。"老田又谈了一些对稿子的具体看法，同时建议给鄢国培提供较好的写作条件。当时鄢国培问老田："你看稿子中的一些描写，是不是有点黄？"老田回答，稿中有几处对男女关系的描写，可能稍嫌直露，但和"黄"是不沾边的，也不难在发稿前做技术处理。老田心想，如果现在就对作者指手画脚，极有可能增加作者的顾虑，连该写的也缩手缩脚了。于是，他对作者说："你不要顾虑这么多，你觉得该怎么写就怎么写。"我以为，老田作为编辑是颇具智慧的，有胆有识，很高明。

后来，这部五十多万字的《漩流》(《长江三部曲》之一)，是在省文联下一期的鄂城学习班完稿的。老田读罢完稿后的《漩流》，更加确信这是一部绝对可以打得脆响的作品。只是作品中对地下党斗争这条线的描写比较弱，有点遗憾。这时，老田的智慧又表现出来了。他考虑到作者缺乏相关生活经历，短时间内无力改写得更好。再说，即使是有定论的名著，也绝无十全十美的。因此，就没有提出让作者在此再作努力。他回到编辑室后，书稿顺利地通过了二审、三审。老田对原稿删除了一些多余的字词，变换了一些用语的重复，理顺了一些偶尔不顺的句子，改正了一些笔误和不太规范的用字，好似理发师给顾客理发一样。这自然是编辑工作的本分与职责。尤其是作者有顾虑的"是不是有点黄"，老田做了技术处理，有的做了删节……

1979年9月，《漩流》如期赶在建国三十周年前出版了。刚一面世，迅即产生了极大的反响，受到文坛的广泛好评。鄢国培后来感激地对老田说，要不是在玉泉寺遇上你这位好编辑，我的书不知会落个什么命运？退一万步说，也不会出得这么快，这么顺当。后来，鄢国培写了《我的催化师和美容师》一文，以表示对老田的感激之情。《漩流》打响之后，《长江三部曲》的第二部《巴山月》、第三部《沧海浮云》又先后出版。鄢国培的社会地位直线上升，由长江上驳船的一名电工调任长航局创作室干部，再调到省作协当专业作家，被评为一级创作员，然后当选湖北省作协主席、党的十四大代表……不幸的是，他因车祸离世，年仅六十二岁。他实在是走得太早太早了。但他永远活在他的作品中。正如长江文艺出版社田中全总编辑所说，老鄢"他在卑微时不趋媚攀附，显达时不骄矜摆谱的人格,将为友人铭记"。

田中全做文学图书编辑四十年,以他的"园丁"精神,以他过人的慧眼灼见,以他深厚的非凡功力,为中国文坛出版了无数的优秀作品,发现和培养了许多中青年作家。今天,他虽年届耄耋,却永远值得我们钦佩和敬仰!

2023年4月10日于三峡荷屋

我认识的张光年

1994年的炎炎盛夏，在避暑胜地北戴河，我有幸和著名诗人、评论家张光年（笔名光未然）先生一起住在中国作家协会北戴河创作之家的二楼，朝夕相处十二天。在这难忘的日日夜夜，倾听他的一席席谈话。

张光年是我国文艺界的一位老前辈、老领导，曾以《黄河大合唱》（词作者）闻名于世，激动了一代又一代中国人民的心，鼓舞了千千万万爱国同胞同仇敌忾，勇敢上战场，大刀向鬼子们的头上砍去……

在抗战前夕，他的《五月的鲜花》同许多救亡歌曲一起，广为流传，受到赞誉。因此，光未然被称为著名的"歌词作家"。在20世纪30年代的武汉，40年代的重庆、昆明，50年代和60年代的北京，他常跟诗友们举行朗诵活动，写过不少朗诵诗，故又被称为"朗诵诗人"。他回忆往事时无限感慨地说："一个诗人要力争有几首诗，至少是几句诗，能够长留人口，深入人心，对人民精神生活有所裨益。"他的诗集《五月花》《光未然诗存》等，就是他用慧眼发现并酿造生活中的诗意的艺术结晶。

新中国成立后的五六年，张光年主要从事戏剧活动的组织领导工作，主编《剧本》月刊。

张光年的妹妹蓝光，是名噪一时的《最后一幕》的剧作者，妹夫赵寻也是剧作家、中国剧协的负责人之一，堪称"戏剧之家"。我认识蓝光、赵寻同志在先。也许这是我与张光年之间的一座"桥"。1956年，张光年调任《文艺报》主持工作，后担任中国作家协会副主席。这期间公务繁忙，但他仍笔耕不辍，发表了许多有分量的文艺评论，先后出版了《戏剧的现实主义问题》《风雨文谈》《惜春文谈》等著作，为社会主义文艺事业做出了卓越的贡献。直到1985年才离开中国作协的组织领导和编辑工作岗位。

在北戴河中国作家之家的那年，张光年已八十有一，但看上去身板骨仍然硬朗，气色极好，走路步子稳健轻捷，没有垂垂暮老的样子，让人惊羡不已。他每天趿着一双拖鞋，穿着西装短裤，短袖汗衫，手拿一把纸扇，悠然之状可掬。十二天中的会议，他没有一次缺席。张老除了读书写作，就是带着儿子和小孙儿到海滨去洗澡。每当碰到他们下海去，我笑着说，张老又下海去？他点点头，风趣地说，"泡海"去！到北戴河来，每天不泡海，谈何避暑呢！在这些日子里，我发现张老坚持每天泡海一次，或下午太阳西斜时，或晚饭之后，既避暑又锻炼身体，体验碧海波涛带给人的无比欢乐……

有一天晚餐后，在一楼门厅，在座的还有柳萌先生（后出任《小说选刊》社长），光年老人深沉地对我们谈起自己的文艺观感:"这几年文艺界并不平静。文坛风浪接连不断,不能不说是个遗憾!不少作家、艺术家的美好愿望便难以实现。"当话题转到当年批判白桦的《苦恋》时,他笑了笑说,"党心民心看透了'极左'的祸害,危险性更大。《苦恋》本身也存在一些不好的东西。过细谈起这件事来,足可以写成一本书。"因为属于"敏感"问题,我不便追问到底。究竟可以写成一本什么样的书?只有留待文学史家们今后去评述了。张老认为,"新时期的文学艺术的主流是健康的,同时也存在一些有待克服的消极现象。我国文艺工作者的大多数是勤奋的,对党对人民是有深厚感情的。文艺事业为社会主义的建设与改革做出了新贡献。"

张老接下来又说,希望文艺界在"一个中心、两个基本点"的总路线照耀下,在为人民服务、为社会主义服务的共同目标下,"大唱团结歌,做出新贡献"。他认为,一部分作家情绪涣散的现象是很不好的,是生产力、创造力的自我挫伤。希望这些同志早日从思想上摆脱这种情绪状态。就作家个人来说,最重要的是写出反映时代、感人肺腑的好作品,暂时受到些冷漠和误解,从长远看,并不是十分重要的。一段时间沉静下来,读生平想读而未读的好书,写长久想写而未写的著作,未尝不是好事情。回忆起这些话来,至今还觉得很贴心、暖暖的。

改革是没有退路的。作家要与改革共命运。张老说:"作家身无长物,有的就是这支笔。这笔是人民给的。因此,作家要维护人民的利益,维护党的利益,维护社会主义事业的利益。"

我所认识的张老,已年过八十。虽知人到暮年,但他壮心不已。他曾说:"趁精力尚好时,下决心要重新磨炼自己的诗笔。在家看点书,写点东西,抓住有限的晚年,做亡羊补牢之计,努力完成这样那样的写作计划";"'汩余若将不及兮,恐年岁之不吾与!'有时候,也要到外地参观访问,呼吸些新鲜空气,胸怀更广阔一些,以谱出新时代的心声,写出人心的向背,让文学与人心共鸣!"他曾在一首诗中勉励自己:"十载金光已浪掷,争分夺秒惜春时。"其千古文心犹存!不久,在《长江文艺》读到了他的长篇散文《汉江日记》,倍感亲切。

这次在北戴河和张老相处的日子,受惠不浅。我不仅敬重他的诗才、学养,而且更敬重他的品格。他十分谦虚,待人也极随和。因为临时有事,他提前回北京。临分别的早晨,还叫我到他的房间去,惠赠他的一部大著《惜春文谈》(上海文艺出版社出版),并应许我给他拍照留念。当我回送他一册《三峡风物传说选粹》时,他当即涌出一番感慨:前几年两次回湖北家乡老河口;两次也都去了长江三峡,留下了极深的印象。衷心祝愿三峡工程早日建成,以圆自己的三峡长梦。

想起汤世杰

这一刻来得太突然了。2023年1月28日下午，著名作家汤世杰先生在家乡宜昌病逝，差三天满八十岁。1963年，他从宜昌市四中毕业，考取长沙铁道学院铁道工程系。后到云南，做过铁路养路工、宣传干事、秘书、工程师、编辑。业余从写诗起步，1981年出版诗集《第一盏绿灯》。1985年从发表中篇小说《高原的太阳》后，一炮走红。已出版长篇小说《情感债务》（1991年）、《土船》（1992年）《情死》（1995年）。另有电影文学剧本《大峡谷》、报告文学《鲁布革阵痛之秘》、短篇小说集《魔洞》等。后来，全身心投入散文、随笔写作，大多发表于《人民文学》《十月》《人民日报》《文汇报》《文学报》等名刊大报，出版散文集《烟霞边地》《冥想云南》《梦幻高原》等二十多部。2022年11月作家出版社出版的《汤世杰散文选》三卷，"这是世杰近年来散文创作的汇总，也是他老熟晚成、更上层楼的丰硕收获。其文学激情，其写作才气，其驾驭文字的娴熟，都较以前有了飞跃的进展。"（李国文《汤世杰散文选》序）新书分享会还未来得及召开，他就匆匆地走了。他实在走得太快、太突然了。但

"无论季节怎么变换,雪山终究是雪山。"(引汤世杰语)

我与汤世杰认识有很长时间了,大约在20世纪80年代的中后期。惊闻他突然病逝,十分悲痛,默哀之后,往事历历浮现在我的眼前。宜昌市文联成立于1982年12月,在全省仅后于武汉市。当时,全地区的中国作协会员只有黄声孝、习久兰、刘不巧和鄢国培四人。1985年汤世全杰在云南昆明加入中国作协,文名已经显露,作为宜昌籍作家为屈原故里增光添彩。1987年,我正式调入市文联工作,任专职副主席,主席由宣传部陈部长兼任。有一次,汤世杰回家乡,想到自己一个人远在彩云之南,父母与亲戚都在宜昌,思乡之情常流露在言语之中,萌发了回家乡工作的念想。他时任云南省作协秘书长。我知道后,喜出望外,热情积极地向陈部长和王重农市长推荐,经他们同意,决定调汤世杰来市文联工作,拟任副主席。恰好1990年市里为文联分配十套新房,便给他留了一套住房。告知他这一喜讯后,他欣然同意,依稀还看了四楼的住房。时隔几个月后,我又得知他当选为云南省作协副主席。于是便劝他别调回来了。常言道:"人往高处走"!

从此后,每逢他回家探亲时,碰上有亲戚朋友聚会,常邀请我出场。有几次他都满怀深情说起这件事,那一缕缕乡情溢于言表。作为屈原故里的游子,尤其是作家诗人,莫不以此为骄傲与自豪!

我到过云南昆明多次,世杰先生都热情地接待我。或接我去翠湖旁边的小舍一聚,几碗家乡菜,香气扑鼻,温馨如家。或带我去尝"过桥米线",那地道的独特风味,名不虚传。在参观西南联大时,我情不自禁地想起了湘西的沈从文先生来……正如同他常想起老作家李国文先生一样,几次出书,他都请李国文先生作《序》:"世杰是我的老朋友了""世杰对文学执著""追求不可少,努力更重要""就在那高原的阳光下,从横断山脉的红壤土地上走过来了"……

记忆尤深的是,有一年我从西双版纳回到昆明,他陪我游西山公园。无论上山或下山,都要经过滇池,古名滇南泽,又称昆明湖,位于昆明市西南。他介绍说:滇池是活水,有盘龙江等河流注入,湖面海拔1886米,面积宽过330平方公里,平均水深5米,最深8米。是云南最大的淡水湖,也是中国第六大内陆淡水湖,有"高原明珠"之美称。华章你看,周围有大小数十个山峰,山环水抱,天光云影,似一幅美丽的天然画卷。素称"五百里滇池"。我久久地凝视,我再三地眺望,滇池啊,好宽好阔!滇池啊,好深好深!此时此刻,世杰为我拍摄了好几张相片留念。我感激地回望他。世杰兄在云南生活与工作几十年,受美丽大自然的恩惠,他对滇池的情怀,比滇池更宽阔,比滇池湖水更深沉!

古人云:落叶归根。年过古稀之后,思乡之情更浓。汤世杰先生干脆偕老伴寓居在屈原故里的西陵峡口。每天早晚行走在长江边上,然后感慨:"我游过的江水已经流成大海"……

2023年2月1日于三峡荷屋

徐迟第一印象记

1975年,季节已是夏秋之交,但给文化人的心理感觉依旧是"寒凝大地"。著名诗人徐迟风尘仆仆地从沙洋农场来到做工人的诗人黄声孝家里做客。他们既是诗友,徐迟也是黄声孝的良师。因为这个机缘,我才有幸第一次见到徐迟同志。这次初晤给我留下了难忘的印象。当时,他穿一身蓝色中山服,瘦高身材,脸上留有在"广阔天地"经受风风雨雨的明显印迹,黄中透黑,但精神矍铄,脸挂笑容,似一介平民百姓走亲戚,沉浸在老朋友家的温馨之中。他带来的礼物只是躬耕农场、用汗水浇灌出的一袋花生,称得上礼轻情义重。

此前,我常从黄声孝嘴里听到徐迟全心全意帮助他修改《站起来了的长江主人》叙事长诗的感人事迹,徐迟是从北京《诗刊》(时任副主编)下放来湖北的著名诗人。黄声孝在诗歌创作上的成就得到过他的热情帮助和指导。古话说,听君一席话胜读十年书。在黄声孝家里,我见他态度随和,没有名人的架子,语言亲切,神色潇洒,谈诗论文,比如,"诗言志""诗与生活""诗的抒情与浪漫精神",见解精辟,洋溢出诗人的气质和本色。

我冒昧地邀请徐迟同志到寒舍做客，他欣然答应。那时候，宜昌小车稀罕，我请他乘公共汽车。他说还是走路好。当我们行至大公桥时，这里正在加固、扩宽桥的涵洞。因为施工，马路占去一半，犹如隘口，行人和车辆拥挤，倒平添一番街道的热闹。徐迟放慢了脚步，挤进人群，伸长颈子，踮起脚尖，好奇地观看：桥下钢钎铁锤铿锵铿锵，火花闪烁。他立即绕道奔到桥下，只见他亲切地向工人问这问那，像小学生一样天真好奇热情。我生怕火花灼伤了他，催促几次后，他才微笑着离开施工现场。在路上，他问我这座桥叫什么名字？我回答说：大公桥。他连声称好，"大公无私的桥，好名字。桥本身就是大公无私的嘛，任人走任人踩，默默地承受着重压，完全无私地为人民群众做奉献。"我听他这番充满诗情和哲理的话，很是钦佩。心里想，诗人的眼光就是不同，善于发现生活中的美。心中有激情，笔下才有真诗。徐迟的诗恐怕都是这么从心里流出来的吧！

后来，我见到徐迟老师是在武昌紫阳路省文联院子里。他已从农场锻炼归来，"扫地出门"之后，重建家园，白手起家，条件艰难。他住一间小屋，约十平方米，除了一张床、一张旧长形桌和一把破损的藤椅，连书架都没有，用一贫如洗来形容，绝对不夸张。我当时在湖北省武汉鲁迅研究小组工作，住水果湖15号的招待所。一次，我去看望他。他尴尬地让我坐在床边上。他翻着我们编选的《读点鲁迅》这本书，喜形于色……回忆起这情景，宛如眼前。其实，并非这本书编得有多么好，而是在寂寞中给他带去些许的慰藉罢了。

两年后，正值1978年省文联刚恢复之际，我被借调到省文联临时工作。省文联的一切工作从头开始。当时只有四位领导：骆文、吕庆庚、王淑耘和沈毅，工作人员就我一个。办公、宿舍在一起，地址是在武昌首义路93号。办公室唯一吸引人的是一台彩电。每到晚上，我便把彩电搬到室外，连作家的家属也赶来观看。每次徐迟的老伴陈松来看电视，我就搬一把椅子请她坐。想必他老伴对徐迟说起过此事，徐迟碰到我总是很关心地对我说几句鼓励的话……

文艺的春天到来了。作家诗人获得了解放。徐迟先生以崭新的姿态、饱满的热情，精神抖擞地重返文坛，开始了他创作生涯中的又一次攀登，又一次辉煌。他以《人民日报》和《人民文学》特约记者的身份，加入文艺的"轻骑兵"队伍，东奔西跑，辛勤采访，学习高科技知识，写出了报告文学《哥德巴赫猜想》，在《人民文学》首发后，被《人民日报》《光明日报》等各大报纸纷纷转载，一时洛阳纸贵，轰动文坛，声名远扬。他马不停蹄地采写了十多位著名科学家，写出了《地质之光》《生命之树常绿》等一系列报告文学，似一枚枚重磅炸弹投入刚刚复苏的文坛，在全社会引起了极大的轰动，反响极其强烈！

1981年，徐迟的《现代化与现代派》一文，引起了文坛的关注，有商榷的，有赞同的，众说纷纭。徐迟是诗人，是"现代派"诗人。他的诗人气质浓烈，激情饱满，也容易冲动，浪漫的想象力飞扬。他不仅提倡这一理论，也付诸创作实践。不管对此论有什么争议，但徐迟满怀革命激情奔赴全国社会主义建设第一线，参观访问，辛勤采访，为我们描绘出一幅幅反映中国现代化的建设场面，机械大工业的宏伟场景，表现出作家的一颗赤子之心，形成中国新时期文学的一道亮丽的风景。这是报告文学大师徐迟先生留给我的第一印象，并至今还深深地烙印在我的心里！

2022年9月18日修改于三峡荷屋

杨绛与钱锺书

钱锺书同杨绛是中国现当代引人瞩目的夫妇。钱先生学贯中西，以《管锥编》《谈艺录》《围城》等著作蜚声学界和文坛；杨绛女士以翻译《堂吉诃德》，创作长篇小说《洗澡》《东藏记》，散文《干校六记》等作品震惊世人。一个无锡人，一个苏州人。钱先生于1910年出生，杨绛小他一岁。1932年他们在清华大学认识，1935年结婚，还一起到英国留学，1937年又同到法国学习。次年，同船回国。曾先后在大学任教。解放后，夫妇俩同在清华教书。之后，又同在中国社科院文学所做研究员，他们俩都爱书，一生在书海中同舟共济。

钱锺书名字的由来，是按照中国传统习俗，小孩周岁要"抓周"得来的。"抓周"时，在他面前摆着的许多物品中，独独手抓了一本书。因此便取名"锺书"，即钟情于书。果然不负家人的众望，幼小的时候，他对家里的《西游记》《水浒》《三国演义》等书，就开始囫囵吞枣地阅读了；从书摊上租来的《说唐》《济公传》《七侠五义》之类的书，也爱不释手地看。二十岁考上了清华大学，终日博览中西新旧书籍，发愤用功；不仅中英文造诣很深，而且又精于哲学、心理学。钱锺书喜欢读书，如同杨绛所记，面对书籍，"只似馋嘴佬贪吃美食：食肠很大，不择精粗，甜咸杂进。极俗的书他也能看得哈哈大笑，戏曲里的插科打诨，他不仅且看且笑，还一再搬演，笑得打跌。精微深奥的哲学、美学、文艺理论等大部著作，他像小儿吃零食那样吃了又吃，厚厚的书一本本渐次吃完。诗歌更是他喜好的读物。"从读《杨绛散文》一书中，得知钱锺书名实相符。在人生许多事情面前，"只要有书可读，别无营。"不管什么物质享受，统统都可忘掉。倘若没有书，他就感到不好过日子。"文革"中，他以老弱之躯下放到河南息县的干校劳动改造。两年多的日子那么苦，条件那么差，箱子里只有字典、笔记本、碑帖。要求留在北京的女儿不断地寄给他各种外文报刊。早已传为佳话的是，他曾蛮有兴致地细读大字典、大辞典、百科全书。对这些大型工具书，他不仅挨着字母逐条去读（一般人是根据需要查阅字典），而且见了新版本，还不嫌其烦地把新条目增补在旧版书上。

他好学且深思。他的《管锥编》《谈艺录》等著作，不知征引了多少前人的著述，倘没有极其渊博的知识准备和过人的记忆力，那是不可想象的。他之所以能超越自己和前人，同他毕生读书破万卷是密不可分的。读书而能"破"，非下苦功夫不可！他还得益于父亲的教诲："发愤用功"。其父钱基博先生是著名学者教授，一生著作等身。我上大学时，曾在华中师院图书馆查看他的著作目录，几乎装了半个匣子。当时，他是华中师院两个二级教授之一。一代学人离不开严格的家教。

杨绛女士一生著译丰富。20世纪40年代就出版了《称心如意》《弄真成假》等剧作；70年代翻译了世界名著《堂·吉诃德》；80年代出版了长篇小说《洗澡》，散文集《干校六记》《将饮茶》多部；90年代有《杨绛文集》行世。她一生更是喜爱读书。年轻时的事就不说了，"文革"时，劳动完了，她就找机会背诵诗词，或看藏在抽屉里爱读的书。在夜里，她将抄写的诗词藏在衣袋里，白天背不出时，就上厕所去翻开读读，偷偷地乐在其中。她有一句形象的比喻："读书好比串门儿——隐身的串门儿。""要参见钦佩的老师或拜谒有名的学者，不必事前打招呼求见，也不怕搅扰主人。翻开书面就闯进大门，翻过几页就升堂入室。如果有疑问，可另找高明，不辞而别。且不问是国内国外，不问是古代现代。"虽然书如烟海，但天涯若比邻。一个人在书海漫游，可得到丰富的经验，可认识多种多样的人，可以脱去几分愚昧，可以提升人的境界。杨绛一生的卓著成就是同她爱书分不开的。

钱锺书写《围城》，每天晚上把写成的稿子给杨绛看，急切地瞧她的反应。杨绛笑，钱锺书也笑；杨绛大笑，他也大笑，彼此心照不宣。而杨绛写《干校六记》，把稿子给钱锺书看，他不仅看得仔细，而且提出中肯意见。认为全书漏写了一篇，连篇名也暂定为《运动记愧》。因为他们同在干校两年多，观察和体验略同。在干校里，他们各在一处，钱锺书看守工具兼任通信员；杨绛看守菜园。班长叫她去借工具，借了又还；钱锺书到邮电所取信件，路上又经过菜园子。这对老夫妇便可经常在菜园相会，或隔着小溪说几句话。她幽默地说,这远胜于古戏里后花园私自约会情人。每次她守在菜园里,目送着钱锺书的背影渐远渐小,直到消失……

杨绛写长篇小说,为了塑造人物和故事情节的需要,就请钱先生拟作旧体情诗数首,《代拟无题七首》就是一例。杨绛观其诗,感觉韵味无穷,低回不已。"人事易迁心事在,依然一寸结千思。"仔细想想,杨绛、锺书的百年好合的经历,不仅饶有兴味,也颇发人深省!

(原载《散文时代》2007年第6期)

忆峻青游"至喜亭"

1985年丹桂飘香时节,著名作家峻青率"作家艺术家赴长江三峡水利工程考察访问团"来到宜昌,这是中国文联和水电部联合举办的一次大型采风活动。我有幸陪同他们四天,一起登白帝城,一起过神女峰,一起谒屈原祠。10月9日下午,团长峻青及其夫人于康一行,兴致勃勃地游览了葛洲坝水利枢纽工程和三游洞名胜古迹。于康女士一路告诉我,老孙(峻青原名孙俊卿)六十二岁了,山东海阳县人,1941年参加革命工作,曾在胶东《大众报》当记者,后在新华社前线分社做随军记者,又在《中原日报》任编辑,中南人民广播电台任编委等。1955年,他加入中国作家协会,后来,当选为第二、三、四届理事;到了上海后,先后任中国作协上海分会副主席、《文学报》主编等职。现在看他,山东大汉,身材敦实;但在"文革"中被打入监狱长达五年,历尽艰难痛苦,身心受到了极大的摧残。粉碎"四人帮"之后,党给了他第二次生命。

近几年,峻青心情舒畅,在各地参观访问,感受火热的建设生活气息,重新焕发出创作的青春。出版了长篇小说《海啸》,

发表了许多短篇小说，尤其是散文《秋色赋》《雄关赋》《梅魂》《欧行书简》等作品，影响广泛，受到好评。他早年的短篇小说《黎明的河边》，我在中学语文课本上读过，一直忘不了。

峻青在游览三峡、参观葛洲坝的时候，心情格外激动。在葛洲坝，他当即挥毫写下了"功极八域，福庇万代"的壮丽词句，表达了他对宏伟的葛洲坝工程的热情赞颂。

峻青站在西陵山的三游洞顶上，激情澎湃。他纵目四眺，见群山环抱，峰峦林立，大江如带，江水从急流中冲出南津关，一泻千里奔腾东去，葛洲坝似巨龙卧波，气势雄伟。望着这样奇绝的壮丽景色，仿佛他的文思涌动飞翔……

当他看完三游洞中白居易的《三游洞序》石碑之后，峻青沉思了一下，感慨地说道："白居易兄弟和元稹三人之游，是感时怀旧、愤世嫉俗和忧国忧民情感的抒发。不只是恋景，不只是惜别，更重要的是触景伤情，睹物愤世。"

最使他感动的是，1958年3月1日，周恩来总理考察三游洞时，亲手用地质锤敲打岩层，勘察溶洞的地质结构。为后来党中央关于三峡坝址的选择，提供了重要地质资料。

在"至喜亭"中，置有一块《峡州至喜亭记》的石碑，是由当时被贬谪夷陵任县令的欧阳修撰写的。峻青边看碑文边说："这篇《至喜亭记》不是描绘此地景物如何优美，而是叙述三峡急流如何危险难行，舟人若侥幸出峡至此又如何特别欢喜。自古以来，三峡险滩密布，暗礁丛生，行船之危，覆舟之多，莫不令闻者丧胆；倘若舟人侥幸出峡，大难不死，得以生还，自然是人生的至喜大事。故欲建亭树碑。但是，这'至喜'只能说是一时之喜，一人或几十人之喜，而不是真正的'至喜'。只有建成三峡大坝，才能从根本上解决川江航行、中下游的洪水灾害的问题。"

峻青眺望迷蒙的西陵峡，放目楚天，沉思良久，然后欣喜地拉着老伴于康的手说："真正至喜的日子，指日可待了。到那时，可真应该修一座更加辉煌、更加壮丽的至喜亭了。""真正的至喜亭，依我看，它最好的位置是建立在人民的心上！"

2023年11月18日修订于三峡荷屋

怀念骆文同志

骆文同志离开我们已经多年了，可他的音容笑貌一直留在我的记忆中。他曾经担任过湖北省文联主席、党组书记，湖北省作协主席，主编《长江文艺》《长江》丛刊。但文艺界的人很少有称他为骆主席、骆书记或骆主编的，不约而同地称他为"骆文同志"。这亲切、平等的称呼，至今想起来仍耐人寻味。1938年，他毕业于国立戏剧专科学校。1941年奔赴革命圣地延安，曾任延安鲁艺教员等职。1945年后，任天津第一文工团团长，冀察热辽鲁艺文艺系主任、教务长。新中国成立后，他在湖北文艺界担任领导工作，直到离休。他始终听从党的安排，忙于行政事务工作，全心全意为文艺家和广大文艺工作者服务，甘当人梯。他把自己一生中最美好的青春年华、精力旺盛的壮年岁月，都奉献给了党的文艺事业。"一颗红心为革命"这个他用作第一部诗集的名字，正是骆文人生的真实写照。他从1937年开始发表作品，著有话剧《湖上曲》，歌剧剧本《牧歌》，创作歌词《纺棉花》《三套黄牛一套马》，诗歌集《露水草》，散文集《对人的钟爱》等多部。

1978年春天，湖北省文联刚刚恢复工作，机关里只有四位领导，一个司机，一个办事员。百事待兴。骆文同志忙得不亦乐乎。武汉作为交通枢纽，人员往来频繁，接待任务繁重。对此，他都精心安排，从不疏忽大意，事必躬亲，件件落实，不失礼节。因为，骆文同志是为了树立湖北文联在全国的良好形象而努力工作。有一次，广东的著名画家关山月、黎雄才来湖北，火车半夜后抵达武昌站。我奉命接站。但骆文同志仍守在东湖的招待所迎候客人，其辛苦自不待言。两天后，两位画家要去三峡、上重庆，他亲自陪伴，一片真心待客人。20世纪80年代初，我到三峡体验生活，在白帝城的诗史堂惊喜地看到关山月、黎雄才的画，骆文的题诗。脑海里立刻浮现出骆文同志当年接待、陪伴岭南著名画家的情景……

党的十一届三中全会召开前后，从北京传来了喜讯，要平反冤假错案。骆文同志接到信息后，心情激动，积极行动，旗帜鲜明，坚决地为湖北文艺界的冤假错案平反，为受迫害的同志昭雪。首先就是为武汉大学教授、湖北省作协副主席刘绶松平反昭雪，"文革"中，刘绶松先生含冤离开人世。十年后，骆文同志为落实党的政策，派专人前去武汉大学洽商平反昭雪之事。开始，遇到的阻力很大，他耐心地做了大量细致的工作，并深入调查，还访问死者家属子女，认真审阅调查报告，亲自起草平反文件。终于，得到了武汉大学党委的同意和支持，以及家属的配合。还请来了刘绶松教授远在北京工作的女儿和在武昌工作的儿子，前来参加在武大体育馆召开的"刘绶松平反昭雪大会"。大会开得隆重庄严,反响巨大,开辟了湖北文艺界平反冤假错案工作的先例。鲜明地体现了骆文同志高度的党性原则和人文思想,正如他散文集的书名一样:《对人的钟爱》。

1989年的酷暑时节,骆文与王淑云到宜昌大老岭林场休假。上山三天,就被通知立即返汉。途中,他在我家用餐时,闲谈中得知我痔疮发了。对我这点小恙,他却表现出关切之情。说是一位朋友从德国归来,送给他几盒治痔疮的良药,还剩有两盒。待他回文联后,托人带给我。事后知悉,骆文同志回文联后,是接受上级的严厉批评的。不消说,此时此刻的他心情是难过的,思想负担不会轻。就是在这种特殊的情况下,他仍不忘记对一位基层作家的关心,及时地托鄢国培同志带来了两盒药。这种药真灵,痔疮一发作,吃一粒立马见效。每当我想起骆文同志对朋友、对部下这番关怀与情意时,心里总是热乎乎的。

骆文离休后,仍像他喜欢的"竹"一样,"此君禾属画情多"(《贝多芬只有一个》)尽管年事已高,可他乐观开朗豁达,怀抱壮志,倾情创作,孜孜不倦。先后出版了散文集《对人的钟爱》《菱花女》《贝多芬只有一个》等,其中《怀表,很老很老了》一文,发表在《散文》月刊上,深受广大读者好评。我每读这篇散文,总觉得思想明亮,诗意盎然。后来几年,他埋头于一部长篇小说的创作,这部《桦树皮上的情书》(上下),六十八万字,于2001年5月由长江文艺出版社出版。同年6月,我收到骆文同志寄赠的大著,扉页上写有"华章同志指正"。真有点惶恐不安。这部小说"取材于十八至十九世纪的欧洲史。但有些情节却是虚构的。虚构的某些部分又是依据历史资料的点点滴滴……历史层叠总存在世界的记忆中。"时年八十有六的骆文同志,以顽强的精神,呕心沥血。早在1964年11月,他出访波兰,在参观"华沙古堡"时,作者站在一张史诗式的流刑犯所作的一幅画前,情不自禁地流下了泪水,忘记不了那场罕见的血的洗劫,于是萌发了创作的冲动。后来,借用出访机会,又走过五趟陆路。就这样,他孕育了小说腹稿。于是研究欧洲史,研究波兰史,阅读大量地理、人文资料,广泛搜集中外有关的材料。从最初的构思,经过了二十年的辛勤耕耘,陆陆续续写完了这部长篇大著。

本来,骆文同志仍壮心不已,"越届老年,越像一条即将沉下的江船,唯其如此,更应该起帆破浪。"(骆文语)可是,他被一辆飞驰的摩托车所撞,不幸身亡。噩耗传来,令人震惊,十分悲痛。骆文同志,永远活在湖北文坛,留在我们的忆念中!

忆念散文家田野

1977年，我借调在湖北省武汉鲁迅研究小组工作。有一天，我在武昌紫阳路215号省文联院内《湖北文艺》（后恢复为《长江文艺》）编辑部，第一次见到田野先生。他高高的个子，身材单薄，戴着眼镜，说话温和，举止儒雅，似年过半百，却依旧精干。刘岱同志介绍说，他刚从汉口一家印刷厂回来，先挤公交车，赶轮渡，上岸后，再挤公交车回单位。田野先生面带几分疲惫，每月为刊物的"编务"而奔忙。我们每次见面时，少不了交谈一会儿。他和善得太像一位慈爱的长辈了。

田野，本名叫雷观成。作家、艺术家的笔名，往往比原名有诗意、有境界。比如巴金、冰心、碧野、田野，等等。田野是1923年出生，四川成都人。1946年毕业于原国立政治大学。1941年开始发表作品，才华早露。他为何只忙于编务呢？一团迷雾笼罩于心。原来，他大学毕业便去了台湾，曾在一家航业公司的海轮上服务，当见习水手；后又在台北师范学校任教；还在一家洋行任过职。这在党的十一届三中全会之前，有着这么复杂"海外关系"的人，命定只能如此。

三中全会以后，解放思想，拨乱反正，神州大地充满了阳光。田野先生才在希望的田野上前进。一分耕耘，一分收获。业余创作出回忆三十多年前"魂断海峡"的一篇篇饱含深情、催人泪下的散文。1981年初，田野随省文联组织的文艺家采访团到葛洲坝水利枢纽工程参观。他写出了《长江不再空自流》，信笔放歌，感人至深。他不忘往日之情，百忙中同我在三游洞合影留念。

1982年10月，田野出版散文集《海行记》（长江文艺出版社）。同年，加入中国作家协会，并调任《长江》丛刊做编辑。当我收到田野先生寄赠的新著《海行记》，非常欣喜，难于言表。那大海一样的蓝色封面，那海涛浪花般的三个白色字的书名，令人遐思。扉页上题签："李华章同志请指正"。落款："田野一九八三年一月"。其实，在这以前，他先后出版过诗集《爱自然者》《一个人和他的海》、散文集《蓝色是我的名字》等。

品读《海行记》后，我深感田野的散文感情真挚、深厚，语言凝练，构思奇特新颖，把散文的自由、诗歌的意境、小说的情节故事熔入一炉，引人入胜，可读性强。这是"以真为骨，以美为神"（石楠语）的精彩散文。

他在《大海与少年》中写道，三十多年前，他和其他年轻人一样充满着幻想。当轮船从黄浦江口出发前去台湾，第一次看见大海，美好的天气，"风是温柔的，水也是温柔的，太阳献出它的全部热情，大海铺开了锦绣花巾……我看见一座白色的灯塔了……我还有幸看见了所谓'海市蜃楼'的幻境。"两天来，在从大陆到台湾的航程里,他一直都是在看海中度过的。连梦中也总是和船在一起。后来,他真的就做一个航海者了。刚满二十一岁,就在"台北"轮当了见习水手,在风浪中锻炼……

1949年,台湾和大陆的交通被断绝以后,他虽在台湾已成家立业,不再是一个漂泊者了。但常常为一种难以排遣的离情别绪所苦恼。"因为啊,我怀念大陆,而且是,我曾经为之朝思暮想的、为之战斗过的新生的祖国的大陆!"(《怀念》)他常常怀念起故乡。在台湾,人民大众有一个共同的愿望"怀念祖国,要求统一"。于是,田野决心别妇抛雏"偷渡"回祖国。在《偷渡者》中,他写出那次回到祖国大陆的逃亡全过程,曲折而惊险。为了寻找光明,回归祖国,田野历尽了千难万险……因为,他是多么热爱已经解放了的祖国啊!"啊,流浪的辛酸的旅途,我也曾有幸到过一些乐土,只因为不是我的祖国啊——使我,使我就更加感到痛苦。"后来,田野终于回到祖国大陆的怀抱。

可是,他的心情既感到欢乐,也很矛盾而忧郁。他怀念远在台湾的妻子、两个儿子。直到二十六年后,几经辗转,收到了儿子写给他的第一封家书。真乃家书抵万金呀!这二十六年该有多少多少的思念?血比水浓,根比海深;祖国之恋,骨肉之情。这魂断海峡之痛,渗入整个身心,难以排遣。只有"上帝"才知道他的心是怎样在流血……

在分离快三十年之后,田野赶到香港与他的妻子和小儿子相见。那悲欢的情景难以形容。田野写了《离合悲欢的三天》一文,发表于《散文》月刊(1984年7月号)。读完之后没有不热泪盈眶的。此文荣获《散文》优秀作品奖，入选《中国新文学大系》(1976—2000年) 散文卷（湖北仅六位作家入选）。他的另一部散文集《挂在树梢上的风筝》，荣获1989年的中国新时期优秀散文奖（湖北之唯一）。

田野先生已离开我们多年了。我每每想到他那坎坷曲折的人生，那饱经沧桑的际遇，便禁不住为他唏嘘不已。今天，他若泉下有知，又会怎样面对自己的过往人生呢？

2023年中秋于三峡荷屋

值得珍藏的文坛往事

今年七月中旬,收到吴泰昌先生的新著《我想和岁月谈淡》(华龄出版社2023年5月出版),非常欣喜。扉页上题签:"奉赠华章方家正之。吴泰昌于京,2023年7月13日。"书名与《我亲历的巴金往事》《我认识的朱光潜》《我知道的冰心》《我认识的钱锺书》《艺文轶话》等风格不相同。老作家也想出点新,甚乐之。封面设计洋溢出现代的风格;腰封上的几行字也引人注目:"行迹文坛五十年,他被钱锺书称为'才子',被陈忠实唤作'老兄',他还救过臧克家的命。他熟知百年来的文坛掌故,和他交好的文坛大家数不胜数,因此无意中得了一个雅号——中国现当代文学'活化石'。"

吴泰昌是著名散文家、评论家,毕业于北京大学中文系,长期从事文艺报刊的编辑工作。1984年至1998年任《文艺报》副总编,分管副刊工作,兼任中国散文学会、冰心研究会名誉会长等。当时我常给副刊投稿,也发表了《葛洲坝之光》《龙口激浪》《三峡走笔》《玛瑙河之歌》《名将的情怀》《驶向'黎明之城'》

《既散且文》《美好"全在于质朴"》等等,也偶有书信联系。在我的文学道路上,他既是热情的伯乐,又是良师益友。

《我想同岁月谈谈》分为"谈文艺""谈交游""谈生活"三辑,大都是描叙与回忆中国现当代文坛与学界大师、前辈、大家、老师的往事,多为亲见亲历,现场感浓厚,记叙质朴生动,饱含有真情实感,蕴藏着真爱大爱,选材较前著更加宽阔,开掘更为深刻,尤为注重细节,史料价值弥足珍贵。

1955年,作者是北大中文系的学生,北大一度学术空气活跃,由吴组缃和何其芳两位先生分别讲授《红楼梦》;由朱光潜和蔡仪先生分别讲授《美学》,年轻好学的吴泰昌堂堂不落,风雨无阻。朱先生是一位清瘦的弱老头,一口安徽桐城口音,说话缓慢,常瞪着一双大眼;既赫赫有名,又容易被接受,态度从容,谈笑风生,略带某种神秘感。1980年,一个非常偶然的机会,作者和朱先生有了较多的接触,交谈更亲切、透彻。有一次,他听说学生(吴泰昌)晚上常失眠,吃安眠药。他批评说,文人的生活一定要有规律,千万别养成开夜车的习惯。下半夜写作很伤神!写作主要是能做到每天坚持,哪怕一天写一千字、几百字,一年下来几十万字,就很可观了,一辈子至少留下几百万字,也就对得起历史了。又说北大好几位教授不注意身体,五十岁一过就写不了东西,开不了课。这很可惜。写作最怕养成一种惰性,有些人开笔展露了才华,后来懒了,笔头疏了,眼高手低,越来越写不出。脑子这东西越用越活,笔头也是越写越灵,这是他几十年的一点体会。我以为,诚哉斯言。

朱先生还说:"学术繁荣必须要有这种生动活泼、心情舒畅的局面。"在希腊、罗马和我国春秋战国时代政治和学术空气自由,所以才涌现出了那么多的大思想家、大哲学家、大文学家,文体也锋利、自如活泼。

朱先生主张读书、研究不要脱离活泼生动的实际。他很欣赏朱熹的一首诗:"半亩方塘一鉴开,天光云影共徘徊。问渠那得清如许,为有源头活水来。"末句写得好,意味无穷。现在出书太多,连同过去出的,浩如烟海,难以读得完。因此,"认真读书不等于死读书,要从自己的兴趣和研究范围出发,一般的书就一般浏览,重点的书或特别有价值的书就仔细读,解剖几本,基础就打牢了。"晚年,他为了翻译维柯的《新科学》,前后三年,孜孜不倦地把这部近四十万字的巨著译完,"他是扑在《新科学》的封面上辞世的。"

有一次,吴泰昌前往天津专访孙犁,写出了长篇创作谈《文学和生活的路》,这是孙犁阐述自己创作理论比较充实、表达充分的长文。1982年百花文艺出版社出版的《孙犁文集》中,把标题改为《答吴泰昌问》。在答问时,孙犁首次做了坦率的回答,《风云初记》《铁木前传》为何未能写完?为什么造成这种情况?"实事求是地说,《风云初记》没有写完,是因我才情有限、生活不足。你看这部作品的后面,不是越写越散了吗?我也缺乏驾驭长篇的经验。《铁木前传》则是因为当我写到第十九节时,跌了一跤,随即得了一场大病,住院疗养二三年。在病中只补写了简短的第二十节,草草结束了事。或许有人问:现在为什么不能把它写出来呢?"

"我的想法是：在中国，写小说常常是青年时代的事。人在青年，对待生活，充满热情、憧憬、幻想，他们所苦苦追求的，是没有实现的事物……待到晚年，艰辛历尽，风尘压身，回头一望，则常常对自己有云散雪消、花残月落之感。"此话虽可能消极低沉了一些，但"缺乏热情，缺乏献身的追求精神，就写不成小说。""与其写不好，就不如不写。所以，《铁木后传》一书，是写不出来了。"孙犁晚年便经常写散文、杂文了。这些往事的记述既真实坦诚，又谦虚可见。正如吴泰昌所说，"我爱听孙犁的谈话，记住孙犁的所谈，长远！"

在《陪巴金的两次杭州之旅》中，作者回忆了巴金先生的两件往事。巴老晚年最大的心愿，是倡议成立中国现代文学馆。早在1980年12月于《创作回忆录关于〈寒夜〉和〈创作回忆录后记〉》中透露了这个想法。曹禺先生说，"好的文学是时代的镜子，是正史不能替代的"。臧克家先生也说，成立一个中国现代文学馆，可以"保存资料，避免遗失。个人保存，只供一己；集体保存，有利大众。"巴老认为，"要加强我们的民族自豪感，提高对我们民族精神的认识，必须建设和开采我们自己文学的丰富矿藏"。这篇"建议"就是在这次杭州之旅期间写完的。巴金的倡议很快得到了中央及中国作协的重视和落实，在此期间巴金捐献了十五万元建馆基金。

1986年10月，巴老又去杭州休养，女儿小林陪同，作者也同行。他带着作协交代的任务，请巴金在全国青年文学创作会议上讲话。这份讲话稿巴金讲了几层意思：先从 1956 年召开的全国青年作家会议谈起：二十年过去了，经验和教训都说明要爱惜人才。其次，强调作家是生活培养的。三是讲学习的重要，作家要多读书，要从生活中挖掘和发现，要用自己的脑子指挥拿笔的手，说自己想说的话，写自己真实的感受。"要做一个好作家，首先要做一个真诚的人。文品和人品是分不开的。"他殷切希望"青年作家必须不断学习，提高修养，继承我国文化遗产，学习外国的各方面的成就。""我们的文学事业会大放光芒，更大的希望还是在你们的身上。"这篇《致青年作家》的祝词，是巴金先生的最后一篇长文章了。

这本书里，还有作者和茅盾、沈从文、钱锺书、杨绛、叶圣陶、冰心、朱自清、臧克家、艾青、柯灵、阿英、张恨水等人的交往故事，也有关于美食的记忆和生活趣事，更有各种文艺作品版本的历史见证。历尽春秋，它是作者的心灵之果，颇值得品赏与珍藏！

2023 年 11 月 18 日于三峡荷屋

作家鄢国培往事

鄢国培逝世二十八年了，我常常想起他。

有位名家曾说过，要了解一个作家，莫过于了解他的作品。可读者看完了一部喜爱的作品之后，又常常产生更多的想要了解作家的强烈愿望。诸如这个作家的生活、家庭、为人、爱好和创作近况等等，都属于他们感兴趣的范围。《长江三部曲》的作者鄢国培，神话般地由一位船上电工，走进了文学艺术的殿堂，以他富有鲜明特色的长篇小说《漩流》和《巴山月》（三部曲之二、之三），才华毕露，在三峡宜昌、湖北武汉引人注目，赢得了一片赞扬。一时，渴望了解他的人日渐多起来了，连远在大洋彼岸的读者朋友也想知道他的情况。有一位美籍华人读了《漩流》，情不自禁地给武汉的亲戚写信说："《漩流》再现了20世纪30年代我熟悉的长江沿岸、川东一带的社会生活，使我像回了一趟四川老家……真谢谢这位作家。不过却从未听说过鄢国培，他究竟是个什么人？"

于是，我回忆起1982年新春之际，拜访宜昌港口的鄢国培同志。那是农历正月的一天，天空下着大雪，纷纷飘扬，压弯了树枝，铺满了大地。来到鄢国培的家门前，我抖了抖身上的雪花，高兴地喊道："老鄢，拜年啦!"进到屋里后，受到了老鄢夫妇的热情接待。话题就从"雪兆丰年"开了头："今年年景一定不错，预示你的创作也会是大丰年。"老鄢谦虚地笑了笑，"瑞雪兆丰年是个吉利的话，联系我的创作郎格说好呢。《巴山月》下卷刚完稿，预计夏、秋季可由长江文艺出版社出版，同去年出版的上卷一样，还是四十万字。从下半年起，开始创作第三部，书名暂定《春水残阳》（后定名《沧海浮云》）"。听那浓重的乡土口音，便知道他是四川人。1934年，鄢国培出生于四川涪陵地区铜梁县。他矮墩墩的个子，脸色微黑，是常年在江上日晒风吹所致，人当中年，精力充沛，正是创作的黄金时期。

交谈中，鄢国培烟不离手。我随便问他爱不爱喝酒？他爱人老周说："老鄢不喝酒，爱吸烟。"老鄢诙谐地说："酒出诗歌，烟出文章。所以，我写不出诗歌，只能写点小说嘛!《漩流》里插的几首诗就写得不好，还请教过诗人……"老周插话："你们搞创作的，真伤神啊!老鄢从写小说起，头发开始白了，连胡子也有了白茬了。他一写上路，饭就忘记吃了。"

我玩笑地说："那你这位内当家，可要多照顾一点老鄢啊!"

"没少照顾他呀，家务事，都是我一个人包干的。看见他写的伤神，曾劝说过他'家里不缺吃穿，不要写啦'可老鄢对我讲，又不是为钱而创作……"

鄢国培从小爱好文学，读中学时就练习写作。他说："刚开始学写，总是失败，经常被报刊退稿，但我不灰心，坚持不懈地写。后来,热情的编辑来信指出我的问题,主要是缺少生活。"从此之后,他注意观察生活,留心生活中的人与事。终于在1954年发表了处女作,虽是短篇小说,但大大地鼓舞了他的写作信心。他曾意味深长对我说过:"我是长江的儿子,长江哺育我长大,也哺育了我写的小说。我做过二十三年船员,长期生活和工作在万里长江上,足迹踏遍大江两岸。从1956年由重庆民生造船厂调到轮船上,一直做电工。工作过的头一条船是岷江登陆艇,第二条是食品503号,第三条船是冷藏402号,第四条船是1080驳船,工作过的第五条船是长江806轮……二十多年来,我青春中最美好的时光,都是在长江轮船、驳船上度过的,可以说是夜枕江涛,梦绕巴山……"因此,他对长江是深有感情的,像对待母亲一样热爱她。鄢国培立志要描写长江、歌颂这条母亲河。他留心长江老船员的生活和故事,对摆龙门阵津津有味;他观察川江两岸的壮丽风光,常画画写写;他熟悉大、小码头的风土人情,用心访、用笔记;长年累月,生活中的许许多多人物和故事都烙印在他的脑海里。这些生活积累都成了他创作《长江三部曲》的丰富素材。有了生活积累便有了创作的基础。

鄢国培从1956年开始酝酿《长江三部曲》的创作,直到1978年才动笔写《漩流》。他的手稿写得工工整整,因为二十多年的充分创作准备,人物和故事烂熟于心,所以写起来得心应手,涂改很少,真让人佩服他出众的才华!

谈到创作准备,鄢国培说:"除了积累生活外,这还得益于我长期喜欢读书。那时候,重庆人民出版社书库和重庆作协的藏书随我借。船从重庆开到武汉,往返得十几天。每当船从重庆离岸,我就抽空拿出借来的十几本书阅读,废寝忘食,一趟水走完,回到重庆,书也就看完了。就这样,重庆出版社书库和重庆作协的藏书,我基本上都看过了,从中吸取了丰富的文学营养。特别是《红楼梦》《子夜》《死水微澜》等书,以及巴尔扎克的作品,反复阅读之后,加深了我对现实主义创作方法的理解和喜爱。它们帮助了我写《漩流》、《巴山月》(上卷)。"

在创作《漩流》和《巴山月》(上卷)时,鄢国培努力发挥自己的所长,靠生活积累、生活底子取胜。《漩流》所展示的社会生活面比较广阔,人物众多,描写了川江上形形色色的人物。其中有船员、资产阶级、党的地下工作者,也有三教九流、大小军阀、袍哥头子、特务、日本女间谍、洋牧师、川东财主,等等。他说,"我写《漩流》,虽然有曲折的故事情节,但重点还是放在人物塑造上,是事随人走,而不是人随事走。……小说是故事好编,人物难写。构思时也没有列提纲,采取事随人物走,人物在小说的特定环境里该怎样活动就怎样活动,该哭就哭,该笑就笑。列提纲的方法弊多于利,容易将自己的思路束缚住,无异于画地为牢。诚然,写作没有固定模式,因人而异。俗话说,一个师傅一个法。"

鄢国培善于听取读者的意见,在写《巴山月》时,他尽量避免写上层人物的故事,而是多写底层人物。这有利于发挥自己的优势。比如,"我对蒋介石这类上层人物没有接触,更不可能有太多的了解,所以写出来就差劲。"他表示:"等到第三部,我将专门写下层人物，上层的基本上不写了。"鄢国培是很知感恩的工人。"党培养了我，长江哺育了我，我要怀着儿子般的感情去爱长江，去描写长江。争取在1983年完成《长江三部曲》的全书，约计二百万字。这是我奉献给母亲河——长江的微薄礼物！"

走出鄢国培的家，还是漫天雪花飘飘。瑞雪兆丰年。祝愿鄢国培在新的一年创作丰收。我记起他堂屋挂的条幅诗："三峡纤夫斗漩流，万里风光笔底留；喜看大江流千古，愿君更上一层楼。"

1982年2月12日于宜昌澹泊居

2023年12月23日修订于三峡荷屋

下辑 过往集

踩水车的日子

好多年前，一种震撼，在我的心灵深处一直没有平息过。回乡探亲时，一家人围坐在火塘旁叙家常。我关心地问侄女："黄花闺女快到嫁人的时候了，对婚事有什么想法？"她轻声细语地回答说："能嫁到有白沙田的地方就好……只要不嫁给红泥巴土的人家……我在梦里总这么想。"她的这句话，真出人意料。

外婆家在枞鸡垅，离我家十几里路，一条冲里几百户人家，水田、旱地清一色的红泥巴土。除了几口大小堰塘外，别无水渠灌溉，属于典型的"靠天收"的山里。顺年，风调雨顺，收成还不错；倘遇旱年，稻谷穗难以灌浆，干瘪瘪的颗粒，苞谷便只能当干柴火烧。平原地的女娃谁都不愿意嫁到那地方去。

我家住在小河边，平平整整的土地，白白的沙田，有的土地可用手捏出油水来。主产稻子、棉花与甘蔗。与外婆家那里比，算得上比较富庶的农村。但平原与山区，乡与乡之间，也各有各的难处，都有一本难念的经。

老天爷好像疯子似的，不知什么时候发病，要不淫雨，水涝一方；要不天旱，赤地一片。我们村逢暴雨，小河发洪水，淹地毁田，隔几年碰上一回，河里的滚滚波浪流的都是农民的泪。说到水，我们那里是靠水车吃饭的，几乎家家有水车，人人要学会踩水车。在人们的印象里，水车是湘西的一道风景。对外地的游客来说，确实是一道亮丽的风景线；而对本地的农民而言，它却代表着一种累人的苦活。水车的主轴上安装两排或三排供双脚踩的木砣子，一块水豆腐大小，柳木做的砣子经久耐用。人走平地或山路上，时间久了，腿脚都会疼痛；何况是踩在木砣子上，一脚追一脚，接连不断，周而复始，从清早踩到天黑，脚板磨出厚茧，打出血泡，若是一脚踩空，轻者人像"吊腊肉"，好似抓单杠；重则小腿背脊骨撞伤流血，谁都经受过，说不苦不累是假。

我从小学踩水车，起先是出于好奇，踩一会儿，玩一会儿。上高中时，逢暑假，必定要干踩水车的农活，因为正是农忙季节，更是甘蔗生长的节骨眼上。那季节，水车是架在田坎上的，歇人不歇车。白天顶烈日，夜晚戴月亮。功夫修炼到家时，踩水车的农活，有时也不乏诗意。皎洁的月光下，凉风吹拂，听着车子的嘎嘎声音，流水的哗哗响声，好像乡村的音乐，质朴而古老……最令我难忘的，是我踩在水车上接到了大学录取书。弟弟疯跑着，一边狂喊，一手高举信封，"考上了，考上大学啦！"手捧着通知书，忽地眼睛一亮，我仿佛看到一条人生的希望之路。从此，也离开了踩水车的日子。

踩惯了水车的一双脚，许多年不踩了，有时脚板底还有些痒痒。弹指一挥间，二十年逝去了。又回乡探亲的时候，家乡变了。在小河的上游，修了一座和平坝，连接大坝的两条长长的水渠，名叫和平渠，长约六十华里。沿途流经一家垴、谢家坎、老大门、祠堂边、向家村、胡家村、彭家村，又汇入小河的中游。看到的水车少了。我家江北的几亩水田，地势在水渠之下，可以自流灌溉。我家的水车高高搁置在牛栏的屋架上。短短几天，我抬头看过好几次，往日用桐油油得锃亮的长形水车匣，如今已变得暗淡无光，显出了老态。

改革开放后的农村，农民对种责任田的积极性提高了，比"挣工分"的年代干活仔细认真多了，多劳多得，各奔小康。以前，农忙季节，常因自流放水而闹出矛盾，谁都想抢先把渠水放入自己的田里。从家信中，知悉九叔因与别家抢水，而彼此动起了挖锄打架……自改革开放后，党中央、国务院高度重视农村工作，加强对农业的领导。连续几年，中共中央一号文件都是关于农村经济体制改革的。水利是农业的命脉。大兴农田水利建设，修水库，建大坝，开水渠，热火朝天。家有地势高的田地，大多不用踩水车了，改用水泵泵水灌溉。机器声响，丰收在望。

改革开放以前，我想家乡，又不愿回家乡。有的乡亲对出身地富家庭的子女，在外地当上大小干部的，内心深处仍抱有某种反感情绪。那年代，我差不多十年才回家乡一次。进入20世纪90年代后，我几乎每隔一二年便回老家一次。并花了四年时间，行走在大湘西二十二个县（市）的土地上，采风写作。亲身感受到湘西家乡的人气人风变了，新气象层出不穷。不少村寨，几乎家家盖起了新楼，鸡犬相闻，摩托声响，而我熟悉的水车却渐渐淡出了人们的视野。城镇周围的农村，田园菜地上都安装了自动喷水器，毛毛细雨似的轻柔地落个不停，蔬菜绿油油，花卉红艳艳，苗圃鲜活活……

这时我又想起了侄女。当年，她那么低的"幸福"底线，也未能实现。命运作弄人，最终还是出嫁到外婆家乡的枞鸡垅，与红泥巴土打了半辈子交道。而近几年来，时来运转。这里兴修了一个大水库，不依赖老天爷了，日子过得红红火火。连白沙地村子里的"超生"小孩，也送到那里让人收养，改了姓名。

在我的城市里，江南有个车溪风景区。因为要建农家博物馆，保护民俗文化遗产，恢复车溪昔日景观，专门搜集来十多架水车供游人观光或体验。每当看见游人兴致勃勃地踩在水车上拍照留念时，便勾起我踩水车的酸甜苦辣来。虽然水车远了，远了，但我无法忘记。因为它曾记载了我人生的一部分。

2024年1月8日改于三峡荷屋

册页上的记忆

在清理撂在预制板上的旧书刊时,翻检出一厚册《文艺学习》杂志合订本,十分惊喜。抹去封皮上的灰尘,我手写的毛笔字仍旧清晰黑亮,横行写的大字是"《文艺学习》54年合订本";竖行写着小字"华章于溆浦一中"。顿时,我回想起当年中学生常用的墨,是长条形的"朱子家训",比较普通的牌子。不过比起那能闻到一点臭味的墨来,略胜一筹。传统文房四宝中的"徽墨",只是闻其名而已。那用钢笔写的红色英文签名已经褪色。这种在同一册书刊封皮上一起写着中文与英文的名字,似有几分自炫。这种心态,现在想来颇感有点味道,虽难以言传,却愉悦了一把。面对旧藏,凝视良久,思绪已飞向遥远的中学时代……

对一个人来说,中学时代是一段美丽的人生。依稀记得那时候不像今天的学生们这么负担过重,成天赶作业。出身于农村的我,可能没有什么高远的理想,但有自己的爱好。我最爱上的是语文课。平常沉醉于读课外书,对文学有一种神往。《文艺学习》这本杂志,就是在这种情况下订阅的。本来我是靠助学金上学的，每月伙食费六元，享受的是每月四元五角的乙等助学金。按理说经济条件不宽裕，要节省一点钱来订《文艺学习》杂志，是非要下大决心不可的。心里倘若没有一种对美好的向往，一点源自抱负的鼓舞，那是难以想象的。

翻开杂志，《文艺学习》创刊号是1954年4月27日出版的，编者是中国作家协会文艺学习编辑部，由中国青年出版社出版。今天，重读《发刊词》："全国解放以来，……经常阅读文学作品的，已经不是限于一些文学青年，而是广大的工人、战士、学生以及在财经、政法、文教等系统中的工作人员。他们不是为了消遣，而是迫切地想从文学作品中去认识生活的真理，去得到可以作为自己生活指针的东西。其中还有很多青年，为我们祖国沸腾着的现实生活所激动，想用笔把感人的生活描写出来。他们抱着极大的热情希望将来能参加文学队伍，以文学武器为祖国的建设，为劳动人民服务……"我深感《文艺学习》宗旨鲜明，任务明确，期望殷切。我之所以怀着那么高度的热情订阅《文艺学习》，必定有一个自己的梦。也许就是这个中学时代的梦，鼓励着我走上文学道路。哪怕经历过多少艰难曲折，至今无怨无悔。

从第三期起，刊物标明韦君宜主编，编辑委员为李庚、杜麦青、吴伯萧、韦君宜、康濯、黄药眠、黄秋云、彭慧、萧殷。创刊号的目录，至今还有吸引力。开篇是胡耀邦的《文艺作品是青年的老师和朋友》，再有冯雪峰的《读〈药〉》（附小说《药》），臧克家的《读〈地球，我的母亲〉》（附原诗），在"文学知识"栏，有《莎士比亚和他的戏剧》（穆木天），在"新苗"栏发表三篇习作,其中有唐克新的《我的师傅》,并发有柯蓝的点评,另有艾青的《诗与感情》、邓友梅的《我和生活手册》,等等。栏目丰富多彩,名家与新人同堂,阅读与写作并举,紧密结合广大青年读者的实际,同时又得到文学大家、前辈的支持与关爱。真是一本很好的普及刊物。难怪我一直是它的忠实读者,直到1958年停刊。至今我依旧怀念这本文艺刊物,心存感激,并崇敬刊物的主编和编辑。大凡学生时代的梦,永生也难以磨灭。青春总有永远改变不了的东西。

正当我沉思在往事的回忆中,忽又翻检出好多本没有合订的《文艺学习》杂志,同样纸张都已发黄,册页已破碎成锯齿形状,好似毛边纸书刊典雅的样子。封面有我的签名,但每册扉页上写有一行小字"自佳同学赠送",都是1955年和1956年出版的刊物。岁月已像长河一样地逝去,但无论如何也流不走册页上的记忆与这份弥足珍贵的人情同友谊。

往事并不如烟。1955年秋季,我考取华中师院中文系。那时读师范院校的学生,国家给予特别的补助,每个学生都发伙食费,一个月十元五角,另发一元零用钱。我家在湘西偏远农村,每月全靠那一元钱用于买牙膏牙刷、肥皂毛巾、发信理发等日常花销,还要节省一点,到民主路旧书店掏一两本折价书。如果再订《文艺学习》杂志,那就力不从心了。而自佳同学深知我对这本杂志的钟爱。他与我是同乡、同学和同道,只是比我早上中学,中途响应祖国号召,参军去抗美援朝了。复员回乡后,同我一起参加高考,被华中师院录取。他属于连级调干生,待遇比较优厚，每一个月除发伙食费外，还发给十三元零用钱。因此，他每月赠我一册《文艺学习》，从不签名。而我为记忆他的无私帮助，总是在扉页上写着："自佳同学赠送。"让白纸黑字作证。

大学毕业后，他留校任教；我分配到宜昌师专，我们常有书信联系。但时间流逝，书信也都散失，而那《文艺学习》杂志一直伴随着我。几次调动，几次搬迁，都没有忘记这些杂志。在我心里，这不是一本本普通的刊物，而是一本本有血有肉、有情有爱的《文艺学习》。也自有一种沧桑感蕴含在里面。在历史的尘封中，我将永久地保存这份同学真情，并视为忘年知音，因为青年时代的情缘是永远忘怀不了的。

我捧着杂志，情不自禁。人生的知音正是这种相通相随的心灵的相和。

（原载《文学教育》2007年1月号）

赶考记

我离开湘西很久了,时光像逝水一样,带走了许多记忆,但一直抹不去那次翻山越岭步行到沅陵去参加高考的情景。

从溆浦到湘西行署所在地沅陵,坐汽车得大半天,车钱约花学生一个月伙食费的三分之二,靠吃助学金读书的我,哪里舍得花费这笔不小的开支?于是,我邀约了六个同学,翻山越岭抄近路,步行了一百八十里山路。

那是7月初的一天,天色麻麻亮,晨曦初露,我们就背起背包出发了。先是沿着公路走了十多里,便斜插着开始进山。刚进山时,我们的劲头很足,心情也很轻松。一路走,一路笑,一路唱:

> 向前向前向前
> 我们的队伍向太阳
> 脚踏着祖国的大地
> 背负着人民的希望
> ……

翻过几座小山之后，前面便是大山了。在山谷里正好碰见一个歇脚的背夫子，大热天，头上还缠着头巾，背篓里装满山货，下面垫着打杵，人站立着歇肩休息。我们上前问路，他手指着白云深处："顺着那条羊肠路朝上爬，山顶上有座破庙，再从庙左边的一条路朝前走。"

我们问："路好走不好走？"

"高山上的路，走惯了就好走。"

我们又问："这山上有野兽吗？"

背夫子说："你们大概是头一回进山吧！前些时候，有人还在这周围山上打死了一只吊睛老虎。"

我早有点儿慌了神。忽然联想起语文课本上的《大闹野猪林》来了。野猪林可怕的是那公差抡起的哨棒，可眼前要命的是老虎……

背夫子替我们壮胆："不用害怕，你们走路时把大油纸伞撑开，老巴子（土语，老虎）看见那一把把大伞，它估摸着张开血盆大口也吞不进去，便以为那是怪物，老巴子就会自动跑开。这是山里人走深林子的好办法。"

同学肖时作，诨名肖老大，毕竟胆子大，带头一声"走"，大家也就跟上去了。他撑开了红伞，我们也跟着撑开了红伞。脚下的路，其实只有尺把宽，下面是看不到底的深渊；上面是板壁一样的峭岩，山上大树林阴森森一片，小灌木丛密密匝匝。为了防范老虎来袭，一路上不管树枝把油纸伞划破成多少块，也不敢把伞收拢。我心里七上八下，跻身于队伍中间，向前看是红伞，掉转头看也是红伞，看着那一把把破烂的桐油纸伞，心里像吃了定心丸，似有一种安全感。总算运气好，穿过这一座座茫茫的老林子，竟没有碰上一只野兽。

我们翻过了一山又一山，爬过一岭又一岭，太阳当顶，烈日炎炎，一个个浑身汗爬水流，待山风一吹，汗水马上又被吹干了。我的肚子咕咕直叫，只好忍着饥饿，但喝不到水却受不了。好不容易在路边山崖下寻找到一眼山泉，我迫不及待地要用手捧起来喝。肖老大赶忙制止说："随便喝泉水，弄不好会中毒的。"我不服气地顶了一句："你吓唬人。你想先喝，我让你！"只见肖老大从背包里取出一支"十滴水"，倒进大缸子，摇了摇，又把缸子递给我先喝，然后挨个儿大家喝。山泉进口，我心里顿感觉清凉舒心。

太阳落山了。我们这"七勇士"还在山中赶路。晚霞无限好，只是肚子饿。正在焦急之中，忽见远远的山林深处有一点灯火在闪烁。此时此刻，这一支灯火就是一股力量、一个希望。大家重又振作了精神，拼命向着灯火奔去。进入木屋里，山民亲热地接待我们，很快给我们端出一碗碗清水煮土豆，外加一匙稀辣椒。大家吃得有滋有味，比过年吃腊肉、腊肠还感到喷香。山中的这一餐吃得香，山中的这一夜睡得甜。

第二天清早，我们竟想同太阳比赛爬山，看谁最先跃上山顶。一夜的歇息，年轻学生的疲劳的身体很快恢复过来了，又继续向目的地进发。这一年，我十八岁，正是做梦的年龄。那崎岖山路上的一山一水,一草一木,都像系着我人生历程上的一个梦——考上大学!

早晨八九点钟的时候,阳光温和、明媚,空气清新、湿润,山风吹拂,脚步轻捷。终于,我们走出了深深的、寂静的山林,远远地望见了悠悠的沅水。那飘动的白帆,那长长的木排,那兴奋的心情,那满怀的希望,那美好的憧憬,有如千里沅水滚滚,奔涌而来……

梦圆了是幸福的,梦破了是痛苦的。我们怀着一颗忐忑不安的心,踏进了沅陵一中的高考考场。

啊,我终于考取了大学——华中师范学院,从湘西溆浦走进了武昌昙华林……

(原载《散文》1989 年 12 期)

怀念"天官牌坊"

初来宜昌不久,面对一座陌生的城市,周围的人也不熟悉,对峡州、夷陵的历史沿革更是了解甚少。但看着脚下母亲河畔的热土,便不准备离开这个地方了。从1962年至1974年,我曾在已经开始残破陈旧的民主路寓住了十多年。意想不到的是,那就是过去赫赫有名的"天官牌坊街"。

记得1962年的酷热夏季,因为宜昌师专的下马,我调入宜昌二高;爱人调入宜昌市商业幼儿园。新家就安在民主路靠学院街顶头的幼儿园里。大门为青石筑成的,颇似上海的石库门,岁月流逝,却依稀可见当年的气派。进门是正方形的两层木楼(楼上是小朋友的教室),经过一块地场,迎面为两层楼房,砖木结构,滚三层长条青石做墙脚,进门上两级青石阶梯,便是一条幽深的走廊,光线暗淡,左右两边洞开四扇门,两房之间又有一扇小门,用锁锁死,三四家分而住之。我家住在二楼的其中一间,约十平方米,油漆的地板已现斑驳,走起来有响声,尤其是上下楼梯,嘭嘭声更响。楼下也住了三家,挤出一间做小朋友午休的寝室。人住在旧式的木板屋,存在一个深刻的顾虑,但凡一言一行都须小心翼翼。日子久了也便习以为常，且和睦相处。至今，那楼板的声音似还响在耳畔，也响在心上。当年的一个"家"多么简陋：一张窄木床、一顶白蚊帐、一张长条桌（兼书架）、一把木椅子、两个小凳子，一住多少年，还自觉心满意足哩！

　　文化馆的陈补先生，被人誉为"宜昌通"。在一次闲聊中他说："你住的地方就是从前的'天官牌坊'。"据史料记载，位于中心城区，旧称南正后街。明代时期，夷陵有一儒生名叫王篆（1519—1603），字绍芳，点军紫阳人。于嘉靖四十一年（1562）中了进士。学而优则仕，任两京都御史，后晋升为吏部侍郎（相当于今之中央组织部部长）。于是，宜昌黎民百姓尊称他为"王天官"。其父王良策，号柱山，因儿子显贵，光宗耀祖，为炫耀乡里，便在南正后街修建一座大牌坊，上书"天官封宠"四个金字，碑上双面镌刻两条龙。从此，这条街称作"天官牌坊街"。新中国成立后，改名"民主路"，街长一公里许，虽是青石板路，但商铺鳞次栉比，繁华热闹。王篆因从小受严格的家教，聪明好学，后来才华出众，官位高升，深得当朝宰相张居正赏识重用。但张居正死后，王篆也受到弹劾，被神宗下诏罢了官。他回归故里后，便以诵读诗书经史为乐，撰写了不少文章，如，《东山寺记》《六一书院记》等等。

　　天官牌坊街的这幢楼房，楼高不过两层，占地面积并不大，上下不到二十间房，装修也不显豪华，但自古以来地以人名。我的一家，由小两口到有了儿女，前后住了十多年（"文革"后期移居大门对面的小平房）。它于我的一生而言，便有一种难以割舍的情愫，一种已经浸入心灵的情怀。

在"三年困难时期"，它是我们饥饿中的小小温暖与慰藉。幼儿园小朋友的伙食比大人的稍好一点，教师职工从中也多少沾点光，比如菜的油水稍微多一点，剩下的饭菜有时也可多盛一勺、半两。当我与爱人对坐在房里的小方凳上，我多挑一筷子菜送给她碗里，她又回敬一筷子菜过来，哪怕俩人共吃一碗小面，也是乐滋滋的。患难见真情。因而留下我青春的记忆。

这间小房也是我逃避"名利思想"帽子的避风港湾。我一边教学，一边做着"作家梦"。每晚九点钟后从教研室回到宿舍，在凹凸不平的泥巴地上，靠砖块垫平一张木桌，偷偷地在孤灯下加班加点学习写作；在沉沉夜色中，只有我的笔尖还在轻轻地响着，带着执着的梦想在跋涉。可投给报刊的稿件退得多，每当发现有我的退稿信，耳边便会传来同事的议论、领导的批评，什么个人主义、名利思想严重之类的话不绝于耳！因此，我便把通讯处改为民主路爱人的单位（天官牌坊），以避学校同事与领导的耳目。

天官牌坊里的那间小房，也是我励志奋斗的隐秘地。每逢周末，我从镇镜山学校回到家里，马不停蹄地批改完学生的作文后，便抢时间写文章或修改文章。文章往往是改出来的，对一个习作者尤其如此。记得1964年4月，我在《长江文艺》发表的处女作，就是在这里修改完成的。这大大地增强了我的自信心，也是圆"作家梦"的一个开端。回想我在这间小屋，在炎炎夏夜中打起赤膊、挥汗写作的情景，虽苦犹甜。

我是认同"日久他乡即故乡"这句话的。我的根留在湘西。但鄂西宜昌是我终生难忘的第二故乡。台湾诗人余光中在《乡愁》中写道,乡愁"是一枚小小的邮票""一张窄窄的船票""一方矮矮的坟墓""一湾浅浅的海峡"。字里行间洋溢着何等的深深眷恋和绵绵真情。而在我的人生中,宜昌天官牌坊里的那间窄窄的小屋,寄托着我浓浓的"乡愁",也成了我心中永久的牵挂和怀念。

刻在九码头的记忆

一座码头，一个地方的风景；一座码头，一座城市的地标；一座码头，一首诗歌的诗眼。千里沅江的辰溪码头、浦市码头、沅陵码头、常德码头等，吸引了沈从文的目光，让他流连忘返，终生难忘，写出了《湘行散记》中的《箱子岩》《辰溪的煤》《沅陵的人》《常德的船》等传世的经典，成就了他的文学的辉煌。

1959年8月末的一天，我从武汉华中师院分配到宜昌，乘船溯江而上，两天两夜的航程，心潮起伏胜似长江的波涛。船过古老背后，前头左岸的灯火隐隐约约、闪闪烁烁，宜昌快到了。靠船的码头名叫九码头。我们一行十四个半人——领队的女同学抱着她一岁多的小孩，她是调干生，从部队的文化教员转业读大学，担任年级党支部委员。上了码头之后，下榻在过街转弯处的"人民旅社"，旅社有三层楼，白粉墙在灯光照耀下，愈显璀璨。木板楼梯，木板走廊，木板房间，行走时砰砰有声。据介绍，这是当时宜昌最好的旅社之一。我们在人民旅社住了四天，心神不宁，等待地区文教局的统一分配。

次日清晨，我和几个同学站立在九码头，眺望着金色的长江从眼前滚滚东去，轮船穿梭，汽笛声声。趸船离岸有一二十米，跳板是不规则的木板铺成的，装卸工人肩上一条蓝布搭肩，约有六尺长，正上下跑动，汗流浃背，装卸货物，一派繁忙景象……我忽然想起工人诗人黄声笑给我们做的演讲，他在台上，边讲边朗诵："我是一个装卸工，万里长江显威风，左手搬来上海市，右手送走重庆城……"语言形象，气势磅礴，想象何等丰富！黄声笑的诗歌气魄真大！因为黄声笑的名字，我情不自禁地爱上了宜昌的九码头。

9月4日，宣布分配名单。我有幸同领队大姐分配到宜昌师专任教。在北山坡学府三年，出校门，穿田垅，从宜昌医专可下到九码头。九码头白天人来人往，三轮车奔忙不停，爿爿商店朝阳开；到了夜晚，码头周围，灯火灿烂，上下旅客，行色匆匆……恰遇"三年困难时期"，物资匮乏，供应紧张。连高校教师也常有饥饿感。那时，九码头成了我们心中向往的地方，隔三岔五，要到那里的餐馆去"搓一顿"，再昂贵也要去解一回馋。1962年夏天，在师专"下马"的前夕，我结婚时，只发给我一张五斤糖果票。至今难忘的是，每逢去九码头解馋时，只能俩人分吃一碗肉丝面。餐馆四壁贴满了南瓜、红苕的宣传画，刺目的"瓜菜带，小球藻"标语，越看越揪心……

1978年年底，我从武汉回到宜昌，因湖北省文联两次调我去工作，市里宣传组织部门不放行，因而答应湖北省文联领导的要求，解决我的住房问题。回宜后，没过几天，就分给我一套在九码头"宜昌剧院"新修的宿舍楼住房，两室一厅八十六平方米，原来在红星路住的房子不到15平方米。于是，我在九码头住了五年多，朝夕相见，几乎每一级石阶都坐过。俗话说，人心是难以满足的，住得好了还想更好。住到九码头，离上班的地方远了。我在解放路上班，爱人在民主路上班，早出晚归，又无公交车可坐，步行一小时左右。每逢寒冬腊月，北风呼啸，早行与夜归，即使是赶路，也冷得发抖。人生的幸福与艰难往往是连在一起的！

那时候，长江边看不到楼房的影子，一顺溜儿的吊脚楼，破旧不堪。后来，兴建葛洲坝水利枢纽工程促进了宜昌的大发展，道路越走越宽广，房子越来越新，交通越来越方便。拆除了吊脚楼，新建了滨江公园，被誉为"万里长江第一园"。八方游客赞叹："不是外滩，胜似外滩。"九码头越来越洋气，越来越气派，高楼林立，"中心"耀人眼目，万象更新！好多年前，九码头已经改名为三码头，但在宜昌老百姓心中，它仍旧叫九码头。

九码头之所以家喻户晓、深入人心，还因为它蕴含着深厚的码头文化底蕴。历史忘记不了它，时间淡化不了它。就拿新中国成立后来说，九码头是出诗人作家的地方。素有名气的九码头，培育出中国最有气魄的工人诗人黄声笑。他九岁时就在码头上卖瓜子、花生，长大后，当装卸工人，做"杠子伙计"。1949年后，"跳出苦海见太阳"。一边抬杠子，一边喊号子，业余学文化；在党的培养下，文化素养提高了，顺口溜越溜越生动，号子越唱越响亮，快板诗越写越有味道："巨轮像座大山梁，舱面就是大战场。脚步声声滚地雷，号子压住长江浪。"1958年，黄声笑写出的《我是一个装卸工》，不胫而走，闻名遐迩，因此加入了湖北省作协、中国作协，成了著名工人诗人。先后出版了《挑山担海跟党走》（人民文学出版社），《搭肩一抖春风来》（湖北人民出版社），长篇叙事长诗《站起来了的长江主人》第一、二部（中国青年出版社）等十三部，黄声笑堪称是"码头上抒情的诗人"。他光荣地出席全国第三、四次文代会，还受邀请参加国庆十周年观礼。曾担任宜昌港海员俱乐部主任，后来调长航创作室当专业作家，当选武汉市文联副主席等职。

九码头也是鄢国培出名的地方。他原先在长江008驳轮上做电工，长达二十二年，调来宜昌港务局后，住在十三码头的港务新村，离九码头咫尺之遥。在这里，凭着他跑川江的丰富生活经历与长期勤奋读书的积累，于1978年写出了《长江三部曲》的第一部《漩流》，于1979年国庆节前问世，一炮走红，影响深远。后进入"茅盾文学奖"的终评，排序第六，为宜昌、湖北文坛增光添彩。《长江三部曲》近二百万字，奠定了鄢国培在文学界的地位，他当选为湖北省作协主席。却不幸英年早逝，但他永远活在作品中。人千古，文长存！

九码头还是宜昌文化交流的口岸。抗战时期的演出队，名家聚集，他们都从九码头上岸，演出剧目，宣传抗战。我记得，在武汉刚过了八十岁诞辰的丁玲与陈明也是从这里上岸的，参观了三游洞与葛洲坝，并做了精彩的文学演讲。一堂课，胜读十年书。京剧名家赵燕侠、吴素秋从这里来宜昌京剧团言传身教，收弟子；美学大家王朝闻从这里来宜昌串街走户，交流经验，"以一当十"；中国民协副主席一行，从这里踩着石阶上岸，专门来组稿，出版《长江三峡》大型画册，沈鹏题写书名，刘超主编，李华章、刘成杰撰文，徐达、奈代科、宋华久、李亚隆、徐为民等摄影，1991年7月出版；中国作协副主席、著名评论家冯牧一行从这里走下石级，登上轮船，前去鄂西州举办笔会，并为三游洞题诗："三游直堪百回游"……这些名人大家的"真经"，无不浸润在我们的血液中，蕴蓄成"文心"……

九码头的文脉似长江一样悠长，像长江一样深沉。在这里住居与生活的老中青文人，或从这里出发，或在这里成长，或从这里卓然成名……九码头啊，江风熠熠今又是，它和着长江奔腾澎湃的节奏，唱响新时代的交响乐章！

2023年6月5日于三峡荷屋

梦忆枣子坡

在一生中能入梦的人、事和地方，也许不会多。除了故乡，"枣子坡"是最令我梦绕魂牵的地方。

枣子坡坐落在溆水河边，距溆浦城二三里路，地名也极普通，比起溆水之源的"龙潭"，溆水上游的"花桥"、溆水下游的"思蒙"就逊色不少。可它在我心里的位置却格外突出，有如唐诗中的"朝辞白帝彩云间，千里江陵一日还"（李白），"海内存知己，天涯若比邻"（王勃），"欲穷千里目，更上一层楼"（王之涣）等等名句一样，永远留在我的记忆里。

我小学毕业后，能考上县城的中学，也算出了小名。学校原叫湖南省立九中，后更名溆浦一中，校址在枣子坡。记得新生入学的学杂费是缴五担谷，从长潭走旱路三十多里，需要五个人挑，而走水路搭船约大半天可到学校。一个偌大的长潭村，能读中学的人凤毛麟角。我走进枣子坡，满怀着灿烂的希望与理想。

进校门的山坡不算陡峭，砂石路蜿蜒曲折，行走不太便捷。可联想到学无止境，崎岖不平，就颇有点儿寓意味道。

山坡之上，操场宽阔，法国梧桐高大，枝繁叶茂，两座教学楼，一座名"云山楼"，一座名"乐山楼"，楼高两层，掩映于绿树丛中。高中部在乐山楼，初中部在云山楼。校门口一棵梧桐树上悬吊一只大钟，钟声洪亮，飞掠溆水，响彻校园，享有至高权威，一千多名师生都听从它的号令，秩序井然。

坡上有一栋教工宿舍，偏于校园一隅，矮矮的平房；在山坡下并列几栋小平房，背倚山坡，面临溆水，风景幽雅。但也有几位教职员住处特别，比如，荆顾新校长住在进城路边安静的橘林中，一栋青砖小洋楼；丁汝康主任另住一栋小洋楼；教英语的陈抡老师单门独户一栋房子，位于进校门的山坡附近，周边是平展的田垄。每每路过那几栋小洋房时，我便目不转睛地瞄呀、好奇地瞧呀。

读初一下学期的时候，学校号召高年级学生"参军参干"，好多同学满怀革命激情踊跃报名。我虽心动，但因年纪小、个子矮，只能望洋兴叹。这些幸运儿多来自高年级，他们虽不认识我，我却对他们的姓名大多清楚，不少成为我心目中的榜样。后来，这批同学中有不少人颇引人注目，有任职军分区司令员的、有当地委副书记的，或是地委、县委的部长、主任的，但也有人从部队复员回来后，同我们一起参加高考，各奔前程。人啊人，必须生逢其时，机遇重要，时势造英雄……

初中毕业后，我考上溆浦一中高中部。教室在新修的教学楼，名叫"五四楼"。这样，我在枣子坡连续读书六年。朝霞里或黄昏时，俯瞰山坡下的溆水河，碧绿清亮，波光粼粼，悠悠地向西流去，可流水带不走我的向往与理想。当时，并没有分理科与文科。可我的理科成绩差，就只好求其次，偏重于文科。那时，最流行的一句话是"学好数理化，走遍天下都不怕"。我暗自抱定一个宗旨，勤奋刻苦，奋发图强，课外多读文学作品，所以我经常去图书馆借书，连图书馆的周良骥老师也照顾我，总是推荐新书予我。比如，俄罗斯文学名作《复活》《贵族之家》《渔夫与金鱼的故事》，苏联文学《童年》《我的大学》《铁流》《钢铁是怎样炼成的》《海鸥》《卓娅与舒拉的故事》《远离莫斯科的地方》，中国现代文学如《阿Q正传》《家》《子夜》《骆驼祥子》……每次还可多借一部。于是，我开始做起了"文学梦"。巧得很，我考上华中师院中文系后，周老师也随丈夫调任华中师院图书馆工作，她对我一如既往。这一段长长的"书缘"帮助我圆了文学之梦，我在梦中也忘不了她的师恩。

最难忘的是语文老师陈其拮，他是县城对面的陈家坳人，家庭出身是地主，历经人生坎坷。他的文学造诣很深，才华出众，口才又好，课讲得很好；平常对我热情鼓励，热心指导，不仅课堂上让大家传观我的作文，课余批改作文也很仔细，圈圈点点，附加眉批。高三那年，他鼓励我报考北师大中文系、武汉大学汉语言文学系。我高考填的一二志愿就是这两所大学。也许因为那次高考的作文题《我的志愿》，难以发挥文学才能，结果事与愿违，我很不情愿地就读于第三志愿华中师院中文系。每当我坐在桂子山上遥望对面的珞珈山时，那种迷茫，至今还记忆犹新。

在枣子坡读书时，我偷偷地向报刊投过几次稿，只有一次在《湖南日报》上发表了一篇似豆腐干大小的文章《行军比赛》，稿费五角（那时每个月伙食费六元）。这件小事也得到了陈老师的鼓励，说是"良好的开端"。

1957年暑假回家乡，我从武汉途经长沙时，陈老师已上调湖南师院中文系任教，他陪我游览了岳麓山，经过枫林桥，他还专门讲解了唐代诗人杜牧《山行》中的诗句："停车坐爱枫林晚，霜叶红于二月花。"诗中的"坐"字要作"因为"解，不能作"坐着"解。对一个毕了业的学生，他仍不忘谆谆教诲。陈老师的这份心意是无价的，我一直念念不忘，刻骨铭心。

记忆深刻的还有初中的英文老师陈抡。他高高的身材，戴一副眼镜，鼻子也较高，很有几分洋人模样，虽不善言谈，但很自信与自负，俨然傲霜斗雪之状，在课堂上英语发音标准而流利。他的那个戴眼镜的女儿与我同班，女如其父，性格也似有点孤傲。有次下课后，我斗胆请陈抡老师给我写个英文名字。他一挥而就。后来，我一直在书刊封面上爱签中文、英文两个名字，既留作纪念，也有点儿自炫。

20世纪30年代初，陈抡老师在大学攻读英文系，迫于生计，应《资本论》译者郭大力之约，课余进行文学翻译。"九·一八"事变后，他便开始系统地研究中国古籍。1943年就写完了《诗经新解》，但他还是细心谨慎地反复考证、琢磨了二十多年。他还写出了《屈赋译注》《庄子译注》《越人歌》等书稿。历经"文革"，他遭受种种磨难迫害；1971年又被开除下放农村。直到1978年后，陈抡老师被召回教师队伍做退休处理。年逾八旬后，终于出版了《历史比较法与古籍校释》（湖南教育出版社1987年

10月出版），全书三十万字。1988年11月17日，经溆浦老乡、文史专家继东先生转寄来这部大书。拜读过后，方知此书"不囿成说，艰苦探索，独树一帜，自成一家……持之有据，胜义缤纷……定将有益于后学，有益进一步研究和整理我国丰富的古籍"（胡本昱《编余琐记》）。我手捧新书，落下热泪，似从噩梦中醒来。那枣子坡的溆水啊，又在我梦里流动……

从枣子坡下坡的路除两条大路外，还有多条小路通向河边。鲁迅先生说过，其实地上本没有路，走的人多了，也便成了路。坡下的溆水并非主航道，而是分叉流过来的，在枣子坡下形成一条长潭。河边上露出水面的岩石，大块而平整的石头成了我们浣洗被单、蚊帐的搓板，十二三岁、十五六岁的男同学，不习惯像农村妇女那样用棒槌洗衣服，而是用脚板使劲踩的方式洗被单和蚊帐。每逢星期天，浣洗的同学往往多得要排队，闹热得很，大家既养成了勤俭生活的品格，也锻炼了身体。

夏天，枣子坡下成了天然的游泳池。许多从山里来的同学学会了游泳；自小家住江边的同学更有了施展才能之地，像游泳健儿一样大展风采。在一次全校游泳比赛中，我有幸夺得初中组仰泳比赛的冠军，奖品是一件印有红字的白背心，穿在身上洋洋自得。这件事常为我坐船出远门壮胆，也鼓励我在华中师院敢报名参加横渡长江的选拔赛。

枣子坡，我的母校——母亲一般的学校，虽然离开您几十年了，可每次溆浦一中老同学聚会时，大家莫不深深地怀念着枣子坡的那些人、那些事儿。原先我总奇怪，枣子坡为何不见枣子树、枣子林呢?一种可能是,好多好多年前那里枣树成林,因此而得名。

(入选《魂牵枣子坡》一书)

上大学的路上

1955年中秋，我接到一封华中师范学院中国语言文学系的录取通知书，恍如在梦里。一个农民伢子考上大学，好似鲤鱼跳进了龙门，荣耀乡里乡外。当年上大学的情景，历历宛如目前。

那天清早，曙光初照。做过生意的大舅专门送行，他挑着一担箩筐，一头装着我的行李：一口木箱、一床棉被；另一头装着同班邓隆超的行李，也是一口木箱、一床棉被。当天的落脚地是安化县烟溪镇，约八十里路程。虽未通汽车，但大舅熟悉这条山路。对于我和隆超来说，这条上大学之路是完全陌生的，是未来人生的第一步。

邓隆超考取的中南铁道学院在长沙岳麓山，我考取的华中师范学院是在武昌县华林。一路上，心里想的尽是充满魅力的美好理想。8月末正是炎炎酷暑，阵阵松风为我们拭汗，汗水刚被揩干，不一会儿衣服又被汗湿了，反反复复；口干渴了，在路边崖下接一杯山泉，放几滴"十滴水"，或到有人家的住处喝一碗凉水，若遇主人好客，便筛来一碗凉茶。在那山大人稀的丛林里，要遇上一户人家，好似夜晚看见了一盏灯光般兴奋；湘西是封闭山区，往往隔座山一种口音，隔条河一种腔调，听不懂话是普遍的事，但那憨厚热情的山里人家一直记在我的心里。风停了，大舅告诉我"唤风"的方法：朝天吼两声"呵——嗬——"，然后吹出"嘘——嘘——"的口哨，山风丝丝而来，果然灵验。走在大松林中，古木森森，遮天蔽日，就像语文课本上《大闹野猪林》所描写的一样，如果在危险处设卡子"关羊"（拦路抢劫），一两条汉子蒙着面，谋财害命，真是得手的惊险地方。过去说"湘西土匪多"，名不虚传。走这段山路，大舅神情紧张，我们更是提心吊胆，不寒而栗……刚起步就碰到一条艰难之路、坎坷之路、崎岖之路。

安化烟溪是资水的一个码头。我们夜晚赶到烟溪，镇子不大，从灯火来看，小镇颇有点热闹。一条河街上，青石板路，不落雨的天气，石板上也是湿漉漉的；街上客栈鳞次栉比。因为资水发大洪水，滞留于此的人不断增加，平添几分热闹氛围。船票紧俏，靠大舅的一个生意熟人的关系才购得了船票。

资水，又称资江，是湖南"四水"之一，左源于湖南城步县北青山赧水，右源于广西资源县越城岭扶夷水，两水于邵阳县双江口汇合，称为资江。全长653公里，流经邵阳、新化、安化、桃江、益阳等县（市），注入洞庭湖。河宽约200到500米，总落差却多达400米，河道弯弯曲曲，呈狭带状，山脉迫近，异常险陡，滩多流急，漩涡如斗，险象环生。

翌日，在码头等船，一片繁忙景象，停泊的船一只挨一只，摇荡不停。忽从上游飞来一只大船,越来越近了,说它是船,其实就像一种木筏似的,船头尖,船尾也尖,而且高高翘起,用未刨光的枞(松)木板做成,船身粗糙,设施简陋,故名"毛板船"。据介绍,毛板船为资水所独有。长二十多米,宽三米许,载重一百二十吨左右,专门装运煤炭等货物。船老板称作"簰古佬"。每次开航要搞隆重仪式,杀鸡宰羊,这是一种冒险行当,容易船毁人亡,生离死别。知道这是货船后,心上的石头才落了地。

我们乘坐的船,俗称"桐驳子"。我是头一次听此船名,它比高桅杆木船要小,又比乌篷船要大,可坐十个人左右,舱内摆有长条木凳子,人货混装。船上有舵手、有水工、有纤夫,船尾装有舵,船头安装橹,放有几把竹篙。他们个个腰板很宽很宽,硬硬邦邦的肌肉晒成了古铜色,脚杆很粗很壮,那一身骁勇、英气逼人的形象令人敬畏。这种船停靠码头灵便,乘客食宿都在岸上。若遇乘客多,客栈老板另开通铺或打地铺。我睡过两夜门板,门板太窄,连做场县华林的梦也被吓醒。只留下"夜睡门板过资江"的戏言。大舅曾说过,过去坐"桐驳子",偶尔碰到船上的坏人,或见财起意,或谋财害命。因此,我坐在船舱里无心观赏那山水相依,湛蓝蓝的天,翠绿绿的山,集山之雄、集水之秀、集洞之幽等等美景,更没有1934年沈从文在沅水乘船回故乡之心境。连坐了三天的"桐驳子",唯祈求有个好运气,靠上天保佑平安。沿途过急流、闯险滩一二十次,每一次都要旅客下船步行,过滩之后,再上船继续前进。此时此刻，我不带任何行李，只怀揣一封华中师院录取通知书，心想，圆了昙华林的梦，"书中自有黄金屋，书中自有颜如玉……"

终于到了益阳市。我们下榻的旅店，人睡在二楼上，一楼泡在洪水中。大街上可行皮划子。从益阳去长沙，改乘小火轮。小火轮比"桐驳子"坚固，生命安全有保障。于是欣喜之情油然而生，在轮船上我俩自由自在，互相畅想未来。隆超是学铁道专业的，将来要为祖国设计、修建铁路。"火车一响，黄金万两"，社会主义的康庄大道寄希望于他们。我对他竖起了大拇指："前程似锦，无可限量！"隆超却突然站起来，挺起胸，昂起头："啊，放声歌唱吧！早日圆华章的'作家梦'。"然后，我俩仰天哈哈大笑起来，笑声掠过烟波浩渺的洞庭湖……这一幕是我上大学路上最美丽的风景。年轻人的动人之处，就在于那股子勇气和远大的理想！

久久地站在轮船舷边，我观赏洞庭一湖，"衔远山，吞长江，浩浩汤汤，横无际涯；朝晖夕阴，气象万千……"（《岳阳楼记》）顿时，"其喜洋洋者矣。"

船过洞庭湖后，最终停靠在长沙大码头。看，湘江北去，波涛滚滚，心潮起伏，"恰同学少年，风华正茂，书生意气，挥斥方遒，指点江山，激扬文字……"（毛泽东《沁园春·长沙》），激励我们到"中流击水，浪遏飞舟"的革命豪情中。目送邓隆超的背影，孑然一身，远了，远了；我转过身，依依不舍，挤上北去的绿皮火车，直奔武昌蛇山脚下的昙华林校园，将一个小小的我融进那博大的知识海洋……从千里资水到万里长江,遥遥迢迢,这条上大学的路,像一条青春的河永远流淌在我的心头……

(原载《文学教育》2021年第4期)

武昌首义路93号二三事

1978年春天,湖北省文联恢复工作,作家、画家、摄影家、编辑,陆续从外地归队。首义路93号,一座花园式院子中的两层楼的老别墅,便是省文联的办公处。一楼四室一厅一百多平方米,省文联负责人骆文、王淑耘夫妇及吕庆庚(笔名勤耕)、沈毅各住一间,在这儿办公。

这时候,我获悉所在的鲁迅研究小组将要解散。一天,从水果湖到首义路去,顺便向骆文、王淑耘辞行。可完全出乎意料,他们异口同声要我留下到文联工作。

不久,我到文联上班,在办公室处理杂务,住宿也在办公室。由于文联刚刚恢复,百废待兴,我一人夜以继日,忙忙碌碌。领导转来的大量稿件,如长篇小说、长诗、电影文学剧本等,要一一写信回复,不可用铅印退稿单。每周去汉口一两次,到电影公司为审新片取票,或去文化厅为看新剧彩排取票。每期五十本《湖北文艺》(后恢复《长江文艺》刊名),由我负责分送有关领导和部门。

文联有一台彩电,每晚搬到门口场地放映,我负责照管。遇上徐迟夫人陈松和其他老作家、艺术家的家眷，从紫阳路过来看电视，我要专门准备几把靠椅，让她们乘兴而来满意而归。

武汉地处九省通衢，各地文艺名家过往甚多，加之骆文是从延安来的诗人和剧作家，人缘好又特热情周到，接待时常常亲自迎送，不能出任何纰漏。有一回，广东著名画家关山月、黎雄才经武汉去长江三峡，因火车深夜到武昌南站，骆文特别嘱咐要细心接待，并亲自订好东湖宾馆的房间，又从百忙之中抽身陪同到三峡。

"实践是检验真理的唯一标准"大讨论之后，推动思想大解放，北京传来文艺界平反冤、假、错案的信息。骆文抢先开展湖北省文艺界的平反工作，亲自部署周密计划，由文联人事干部屈红负责具体工作，外调时带上我做随员，尽管当时我尚未入党。

按计划，平反先从湖北省作协副主席、武汉大学中文系教授刘绶松开始，但遇到一定难度。骆文长期做文联工作，心更贴近作家、艺术家，认为平反刻不容缓，早一天平反比迟一天好。经过一两个月的多方运作，到刘绶松儿子所在的武昌调查，又向刘绶松在北京的女儿征求意见，最后在武大体育馆召开平反大会，一开文艺界平反工作之先河，引起热烈反响，成为湖北文坛佳话。

在首义路93号的日子里，王淑耘主编刊物，刘岱、欣秋、刘益善等编辑常来送稿和清样，沈虹光等青年作家纷纷前来拜访，创作氛围日渐浓厚……我看在眼里受到鼓舞，也忙里偷闲读书与创作，发表了《飞奔吧，文艺的轻骑兵》《更无情面地解剖我自己》《"从更加莎士比亚化"谈起》等文艺短论。

吕庆庚是我在鲁迅研究小组工作时的老领导,他擅长中、短篇小说创作,《进山》《小砍刀传奇》等影响较大。每逢休息时,他躺到我的床上,谈他的小说构思,听我的意见,相互切磋创作问题,让我一直念念难忘。文艺界这种"老带青、青尊老"的优良传统,回想起来颇值得留恋。

此后,为正式调我到湖北省文联,吕庆庚受委派到宜昌协商。针对宜昌市委宣传部不放行,他将了一军:"你们这么需要他,怎么他的住房问题都还没解决呢?"结果,我一回宜昌报到,市委组织部副部长肖桂兰就告诉我,在宜昌剧院新盖的宿舍楼分了一套二室一厅给我,我喜出望外。

(原载《武汉市文史资料》2022年第8期)

信札里的温暖

我收存书信,是受鲁迅先生的启示。记得1976年春天,我被借调到湖北省武汉鲁迅研究小组工作。两年多时间专门学习鲁迅,我兴致勃勃地读前辈研究鲁迅的所有成果与资料,连《鲁迅日记》《鲁迅书信集》《两地书》等都能一一浏览,深切感到这些资料的真实和宝贵。由于现代通讯的发达,如今用毛笔、钢笔写信的人已经越来越少了。重读我收藏的几百封文艺书信(古称书札、手札),虽已发黄,墨香散去,却依旧能感到字里行间洋溢出的一缕缕温热,传达出的一位位文艺前辈、编辑老师和文朋诗友之间的关心、鼓励、帮助和扶植的深情厚意,这些都令人感动不已,涌出无尽的思念与回忆。

1981年早春二月,接到《光明日报》文艺副刊部韩嗣仪(未曾晤面)的来信,"李华章同志:您好!寄来的稿子,刊出两章,余者就不用了。因版面关系,请另处。此致敬礼!韩嗣仪1981年2月5日"同年10月,又收到一信,"李华章同志:您好!寄稿收到。此文本想用一下,可计划赶不上变化,决定不用了。请另处,望谅!"时任副刊部主任的韩嗣仪短短几句回复,话短情长，给人多少鼓励与鞭策！

黎辛同志是文艺界的老领导，在文化部文化艺术研究院工作。因市文化局一个剧本的事，我曾去北京寓所拜访过他，仅一面之缘。我记不得寄赠他的是哪一本拙著了，他回信说："华章同志：大作收到。谢谢。也拜读了您在《文艺报》发表的写三峡的大作。深感您工作得有成绩！一个作家有个根据地可以写；有个刊物可以培养新人，这就有许多事可以做。这条件您有……祝愿您写出更多作品，为繁荣宜昌的创作做出大贡献！祝撰安！黎辛1992年6月10日。"

1992年秋，在怀化会同侗族自治县参加"侗族文学研讨会"，有幸结识了湖南著名诗人于沙。会后寄去《三峡文学》。他用毛笔写来一封信："华章兄：如晤。怀化归来数日后，即去洞庭湖区的安乡。返长（沙）拜读大刊，喜煞。会同相遇乃幸事。难忘你的谦逊，难忘你的斯文，难忘你的好意，难忘你对家园的深深之恋。读'流香'的'华章'，眼福心福大饱。下录临江仙词为赠（略）。顺颂撰编两旺！于沙1992年10月27日。"

时任《长江文艺》主编的王淑耘同志来信："华章同志：十分抱歉，稿子今天才能付邮。那天联欢会（湖北省作协新春联欢会）回来，即小病了几天，时近春节，又有些事情干扰，不知是否还能赶上发稿，赶不上就作罢好了。文章也还要请你审阅，是否合用，亦请斟酌。匆匆祝新春好！淑耘，九二，元，卅一。"下面附言："骆文附笔问候。是否还要痔疮药，亦请告知。"

有一次，他们夫妇去大老岭湖北作家之家休假，相送中知我痔疮发了，曾托鄢国培同志带来友人从西德捎回的良药，疗效极好。时隔年余，她还惦记此事，感人至深。

通过华中师院老同学尹均生介绍，我曾向林非先生投稿，即《王村镇风韵》一文。他收到后迅速回信："华章先生：大作极佳。我已不做编辑久矣。大作已转给袁鹰同志，他会同你联系的……"不久，拙作发于《散文世界》（刘再复、袁鹰主编）杂志。当时，与林非先生虽未晤面，偶有书信往来。1992年，我同陈圣乐主编的一本散文精选，向林非约稿。他来信说："拜诵大札，知悉一切，快哉！谢谢征求我的作品，寄上一篇请审之。原想寄一篇写九寨沟的，后觉得还是这篇感情浓些，就选了它。另附照片与简介。《湘西》（即《湘西，我的梦》）出后当好好拜读。所询之事，因最后由另一主编及责编定稿，不记得详情了。如此书（《王村镇风韵》未入选《中国新时期抒情散文大观》），以后再选，定当分外注意……祝再度写几篇湘西的佳作。紧握。林非9月11日。"

认识《长江文艺》的刘岱同志很早了。后来，他调任《长江》文学丛刊任副主编，当选湖北省作协副主席。1992年春天，邓小平同志发表"南巡"讲话后，改革开放如海如潮。刘岱同志受新华社湖北分社之邀，主编一套报告文学丛书。承蒙厚爱，约我写稿，共完成报告文学五篇。我们几乎月月通信。1992年10月5日，刘岱来信："华章同志：你好！省新华社对《胸中自有雄风在》很是欣赏，你的文笔生动简洁，创作态度严肃认真。现有三个报告文学撰写对象，希望请你支持，承担下写作任务……

亲切握手，刘岱"。11月10日又来信："华章同志：你好！大作《当阳农金人》已拜读，很受教益。你的文笔，简洁清丽，自成风格，读你的作品是很舒服的。宜城之行，还是望你能成行。地、市合并，想来会带来些问题、愉快或不愉快等等，你还是以文章为主业为好。祝健康愉快！刘岱。"今读此信，往事历历如在眼前……

对于著名作家诗人、湖北省作协主席骆文同志，我是一向敬仰的。他不仅关心我的创作，也教诲我如何做人。1993年春，未署月份，他来信说："信早收到。你们的情况我偶尔听得一些，不必介意，找时间写东西，这是上策。对人事纷争千万别过问（多年经验告诉了我）。广西人民出版社欲出《湖北散文选集》，由涂怀章负责编，我已交去两篇，你要，我就不寄了。因为同是一个出版社的。宜昌师专编的《三峡文库》，选了我的散文和诗，寄过两本书，不知道有没有稿费，顺便问一下。双安！骆文三十日。"

《湘西，我的梦》在百花文艺出版社出版。诚请著名散文家、出版社副总编辑谢大光先生写序。他来信："华章兄：春节好！序早写好，因办公室搬迁，至今才复印寄上。我们未见过面，然神交已久。这次出书，使我们结了文字之缘。盼有机会面叙。序文若能发，请告我。顺致编安！大光2月4日。"

《人民日报》文艺部的石英同志来信，用毛笔行书，潇洒风流。"华章同志：您好！大作已收到。我看可用。已交值班编辑先看，我再批定，谅无问题，勿念。我仍如常。忙是改变不了的，但身体还好。写作只能业余挤时间了……顺祝撰祺！石英1993年9月1日。"

涂怀章教授，我们是"三十年益友"。1993年来信："华章兄：近好！《中国当代美文三百篇》，已选入您的《香溪诗意》一文，现已付排，请放心。您的新著《湘西，我的梦》出来后，我一定写评介。尽管特别忙，要求写评的多，但我一定先写评您的。想当年我困难之时，兄写评介《碧野的创作道路》的文章（就是上《中国出版年鉴》的那篇），我至今感念。真正的挚友总是乐于帮助我的，我会永远铭记……祝兄硕果累累！身体健康！怀章11月15日。"

湖北少年儿童出版社编辑、青年作家徐鲁，曾主编《少年世界》，因常投稿，彼此相识。1993年给我写信："李老师：近好！转来的两篇散文都不错。因《长江日报》正在搞儿童文学征文，约我推荐些稿子，我顺手就推荐去了，并叮嘱说，如果长江日报的征文征不上，则仍然退还给我，我在《少年世界》上俟机安排。此事请您放心。有消息我当及时告知。《文艺报》上的大作读到，甚好。建议您多写些谈与文人交游的文字，风景写多了，难出新意。祝好！徐鲁上6月4日。"他的建议中肯，很有见地，让我获得深刻启迪。至今我仍钦佩他才华横溢，佳作迭出，成果丰硕！他曾荣获湖北"金凤青年文艺奖"，后任湖北省作协副主席。

《散文》编辑部来信："华章同志：你好。来函早收阅了。文章《赶考记》早已终审完毕。但因忙，未能及时复函，请谅之。

……此文我做了删节,将择机发排之。今年6月我被任命为杂志副主任。魏久环1988年9月30日。"

兰州军区政治部创作组长、散文家杨闻宇来信:"华章兄:评文(拙文《文学的骏马》)收到,谢谢你一片诚意、一片苦心!我想复印一下,寄几家报纸一试。书评难发,是因为全社会对文学的兴趣在淡化。……闻宇1998年9月24日。"作家的如此感慨发人深省!

时任《散文》月刊主编贾宝泉来信:"李华章同志好!来信拜读,深为你的诚挚所感动。文人之间,友谊是长久的。我做编辑,缺乏经验,还望多帮助。赐书收到,为你的成果高兴。兄已有一篇大作留用了,这篇《天涯海角》,我以为写得太多了,似乎少了点新意,就奉还了。致礼!1998年11月13日。"所指缺点,受益良多。

湖北省文联副主席、老作家吉学沛回信:"华章同志:惠书收到,非常感谢。你一本一本地出,真令人羡慕。由此也看出你的勤奋。只可惜印数太少了。反观地摊上不少'文化垃圾'少则几万,多则几十万地印,真不可思议!虽说是商品社会,但是文学沦落到如此地步,也真是叫人伤心了。固然,有些'文学观'已经落伍,但是今日之现象,也颇令人费解。你曾搞过评论工作,一定比我明白。牢骚之辞,说说而已。祝贺创作丰收!1996年11月5日。""但试将一纸寄来书,从头读"(辛弃疾《满江红》),颇有历史感。

……

而今，重读这些手札，心潮起伏，情思绵绵。文艺界前辈、编辑与文友之间的那一片真情、善意，鼓励和扶植，弥足珍贵，堪可流芳后世！

2023年2月8日于三峡荷屋

（原载《阅读时代》2023年第4期）

遥远的逆水而上

那年的8月末尾，我从湖南资水的一个小码头烟溪顺洪水而下，经益阳，漂洞庭湖后，来到武昌县华林上大学，历尽艰难惊险，终生难忘。路漫漫兮，华中师院的青春岁月，风风雨雨，仿佛弹指一挥之间……而在临毕业分配、走向社会的时候，又好像度日如年似的修远兮。

四年后，面临毕业分配。1959年级的那一届中文系，六个小班，一百八十多个毕业生，由系党总支征求年级党支部的意见后，统一分配。绿树成荫的昙华林，到处张贴着五颜六色的标语："服从祖国分配""到祖国最需要的地方去""到最艰苦的地方去"！为"火炉城"中的校园增添了热度。

我做好了服从统一分配的思想准备，便躲在树荫下阅读曹禺先生的《雷雨》《日出》《北京人》，深深地沉浸在那丰富生动、扣人心弦的故事情节与人文思想中，这是中国最富有莎士比亚戏剧味的名作。

在第一次分配通报会上，得知恩施地区需要十一名毕业生，而报名的只有两人。会后，我决心响应号召报名去恩施。恩施是鄂西山区,偏僻而遥远,交通不便,条件很差;我的志愿原本是回湖南长沙,"芙蓉国里尽朝晖"。但想到"到最艰苦的地方去"不是一句口号,要落实到各自的行动中去。于是,我毅然决然地填报了恩施。心里想,只要那里有一两家新华书店就行。知识可改变一个人的命运,幸福是靠自己奋斗出来的。

在第二次分配通报会上,我得知自己被分配到襄阳地区。那里各方面条件比恩施好,真出乎我的意料。

那天清晨,我蹲在树下过早。忽然,我的溆浦同乡老奠走过来(喊他老奠,因为他是调干生,在溆浦一中高我三个年级,是从抗美援朝志愿军文工团转业考取华中师院的,又是年级的党支部委员),他对我悄悄说,对分配满意否,还有什么要求?我坦诚地回答,论交通方便还是宜昌好。他点了点头,离我而去。

我做梦似的如愿以偿,正式分配到宜昌。当"民"字号轮船(记不清是民族号、民生号,还是民权号)汽笛一声离开江汉关码头时,我站立在甲板上热泪潸然而下,再见吧,我的昙华林,我的桂子山,我的大学!

从武汉到宜昌,溯长江而上,航程约两天两夜,堪称一次遥远的航行。眼前的母亲河长江,江面宽阔,波涛滚滚;身后的长江大桥离我们远了,远了;灿烂的灯火淡了,淡了……我一个人睡不着,就躺在床铺上回顾大学的激情岁月:一进学院时就遇上了"反胡风分子"运动,深夜我手握大棒,身穿军大衣,在校园旮旮旯旯值勤巡逻,心里害怕极了,好像随处都有虚幻的影子出没;1956年适逢"向科学进军"的一年,大家忘我地读书,争分夺秒，连宿舍走廊都由工人打扫，这一年太令人难忘了！1957年掀起了反"右派"斗争的高潮，批斗大会此起彼伏，我人在会场，跟着举手，心却在书中。"反右"斗争后，未曾想到我竟当了班上的学习委员。1958年举国上下全民"大跃进"。幸好，我获得了一个闹中取静的机会，参加到部分师生编写红色教材——《中国当代文学》《中国儿童文学》的任务中，从中汲取了丰富的营养。1958年冬到1959年春，我去武钢编写工厂史，经风雨，见世面，在一号高炉向工人阶级学习；任务刚完，"三年困难时期"开始了，突然，一天吃两顿稀饭，肚子饿……这一次又一次的亲历，这一次又一次的遭逢，这一回又一回的蹉跎，当我回首往事的时候，既感到浪费了不少青春年华，也感到历练出许多闪亮的青春之光。

江轮逆水航行，乘风破浪。遥遥地望见了江北的岳阳楼，雄伟壮观，虽未停靠上岸登楼览胜，但心向往之。范仲淹的千古名句："先天下之忧而忧，后天下之乐而乐乎？"比在课堂上听讲更多了几分亲切、几分深厚，他的那种以天下为己任，吃苦在前，享乐在后的思想与怀抱是值得称赞的，也总是勉励着我们一代又一代后来人。我放眼江上，洪波万顷，江鸥翔集，雄鹰展翅，不禁心旷神怡……

江轮继续逆水航行，两岸青山连绵起伏，城镇村庄座座，炊烟袅袅，栈道蜿蜒，三国古战场的遗迹依旧可寻。前方灯火闪闪烁烁，宜昌城遥遥在望。我默诵着工人诗人黄声孝的豪迈诗句"……左手搬来上海市，右手送走重庆城"，登上了高高的九码头。沿江一边是清一色的吊脚楼，眼前唯一的一座三层楼房"人民旅舍"，就是我们的下榻处。

在人民旅舍住了四天后，9月4日，我们前去桃花岭地区文教局听候分配去向；没有进会议室，而是站立在大门口，那气氛肃穆寂静之极，心里怦怦跳动，忐忑不安。这是一锤定音之时，这是刺刀见红的关键一刻。已做好了充分思想准备的我，也平静不下来。局人事徐科长宣布：经研究决定，这次分配来宜昌的中文系毕业生十三名，方案是九个县每县一人，宜昌市两人，地直两人。当宣布张启明同学到兴山县时，他一下子蹲在地上，泪流满面，他是我班上的生活委员，外号张胖子；出乎意料的是我班班长陈材信同学，被分配到长阳县；领队大姐詹玉华与我分配到宜昌师专。我心中暗暗欣喜，激动得浑身灼热，真是老天保佑、上帝恩赐啊！

往事悠悠，大江滔滔。我从遥远的湘西走来，我沿浩浩的长江逆水而上。青春像一条奔腾的河，"逆水行舟，不进则退。"这是哲学的至理，这是生命的风景。

（原载《文学教育》（上半月）2021年第4期）

忆北山坡宜昌师专

某日,我想起曹雪芹在《红楼梦》里所描写的"举家食粥酒长赊"。曹雪芹"举家食粥"的经历,象征着一个家族的贫穷、困苦与衰败。历史是会记载的,让后人了然或反思;人生也是会不时地被人念叨的,哪怕酸、甜、苦、辣、咸五味,叫人反复咀嚼回味。

一个人的青春本该是美丽灿烂、意气风发的年华,但我不幸遭逢了"三年困难时期"。从华中师院临毕业时的每天"一干(一顿大米饭)两稀(两顿稀饭)"的日子,走上了每月定量供应二十七斤粮的教师生涯。那时,肚子吃不饱是天大的愁事。宜昌师专位于北山坡上,背倚迤逦的东山,也跟随大流兴起了"自己动手、生产自救"的高潮,每周安排三个下午的劳动时间,在东山开荒种南瓜、苞谷、红苕,挖田翻土播种,挑粪担水上山,老、中、青,干部、教授、讲师、助教同工同劳。抬头眺望那滚滚东流的长江,那略显疲惫的学府,最终未动摇我们对人生的信仰。虽然耽误了读书与笔耕,却没有无故缺席的。因为劳动那天有加餐犒赏——食堂煮两锅南瓜苞谷糊,除定量供应之外,每个人可添满满的一碗，聊饱肚福。

劳动那天会特意安排几名教职员帮厨，用石磨推苞谷浆，用菜刀剁南瓜块，然后煮成南瓜苞谷糊。有一次难得分配我帮厨。在湘西家乡，推磨子是家常活，我驾轻就熟；只是此刻的推苞谷浆，却少了些年少时轻松愉快的意趣，连推的粗细也无心讲究了。日子的好坏自会影响着人的心境。站在灶台旁煮糊糊，要用大锅铲不停地搅动，或直来直去，或转着圆圈，等到快煮开时，锅里的南瓜苞谷糊绽放出一个一个的小漩涡，像三峡的开花浪，似女孩的笑靥，不停地发出咕嘟咕嘟的声响，仿佛能使人每个毛孔里都冒出热气，荡气回肠，显示魅力。它留给我永远难忘的印象与口欲流涎的滋味，真是别一番啊，别一番！

宜昌师专是发展中的高校，每年都要接受分配来的名牌大学毕业生以壮大师资力量。他们的到来成了不同学科教师的热切盼望。欢迎新教师，各科室除了简单的仪式外，就是质朴的"迎新宴"。宴席上没有鱼肉，不见酒水，打破了"无酒不成宴"的习俗。唯一能端出的是几钵南瓜苞谷糊与苞谷"双蒸饭"——经过双蒸的苞谷饭，饭更蓬松，堆头也高，给人分量充足的诱惑。比起"画饼充饥"来自然实惠得多。1961年秋，从武汉大学毕业分配来校的两名新教师，一位是汉语言文学专业的，负责元明清文学教学；一位是汉语言专业的，负责古汉语教学。沈、曹两位都是湖南人，老乡见老乡，心里喜洋洋。我们的情谊就是从那顿南瓜苞谷糊垫底而逐渐凝结成的，在共同经历困难的日子里，始终保留着源自文学的纯粹。以后，各人术业有专攻，也各有成就，但至今心中忘怀不了那些岁月。

"三年困难时期"粮食严重匮乏，自然也影响到人的思想境界和精神文明。发生在我身边的一件事令人惊醒。师专一位年轻有为的教师因为饥饿，辅导完学生回宿舍途中，路过食堂，发现大门未锁，瞥见餐厅一角堆放有红萝卜，便乘机偷了十几个，正巧被食堂大师傅发现。大师傅犹豫再三，终于向学校有关领导揭发了他。幸亏领导宽容，想到是特殊环境下，并未加公开批判、处罚，给那名教师留了面子。可是在一个知识分子的心灵深处定会留下终生难忘的悔恨，所打下的烙印将是永生磨灭不掉的。那痛苦的个中滋味是可想而知的。

我因为"三年困难时期"吃伤了南瓜苞谷糊，对于如今深受城里人喜爱的绿色食品，且有一定药用价值的南瓜，以及苞谷、红苕，就是不喜爱，常常看了就没有食欲。因为，它曾伤过我的胃、伤过我的心，一个男子汉竟比"黄花瘦"。往事不堪回首！

从博友的微博中看到，"人生有三样东西是不该回忆的，那就是灾难、死亡和爱；你想回忆，却苦不堪言"。重拾北山坡高等学府吃南瓜苞谷糊的记忆，内心深感十分沉重。

益友四十年

我的一生中遇到过不少良师益友，这是缘分。古语说得好，"同船过渡五百年所修"，更何况是相知、相扶的益友呢！

我与涂怀章先生的交往，已逾四十年了，光阴荏苒，仿佛弹指一挥之间。记得20世纪70年代初，我刚步入文艺界，对文坛上的事完全陌生，凭着年轻人的一股热情，似初生牛犊，乱冲乱闯。当时，《长江日报》发表了诗人管用和的诗歌《绕道》，又发表了涂怀章同志的散文《站岗》，在社会上、文艺界引起了强烈反响，议论纷纷。对于这两位作家我并不认识。而《长江日报》副刊约我写一篇文艺评论。我当即写了一篇《我们需要进军号》，发表在副刊头条位置。题中之议是，批评创作中的"轻歌曼舞"倾向，提倡文艺的战斗作用。由此，引起一场文艺之争。随即《长江日报》又发表了一篇《文艺的作用是爱》（题目已记不准确了）。于是，围绕着《绕道》与《站岗》暨评论展开了一场文艺大讨论，发表的文章多达几十篇，还被中国人民大学的《报刊资料》集为一辑转载，影响颇大。1974年，我参加首届省文艺创作学习班，才结识了诗人管用和。回想那次争论，我当时的表现是把文学从一种喉舌状态之中引领出来的偏激。承蒙他的宽阔胸怀，不计前嫌，竟成为很好的诗友。对湖北大学教师涂怀章，虽无缘晤面，可无形中成了"同一战壕"的战友。我们相识以后，因其学术和谦虚品格，也结下了深厚的友谊，成为要好的文朋……这段往事说明了人与人之间，包括文人之间，是可以相亲的，只要都有一颗坦诚的心。

粉碎"四人帮"以后，心情舒畅的涂怀章先生，出乎意料地遭人"举报"，说他与"四人帮"有一丝牵连，并无限上纲上线，弄得一介书生的他处境艰难，后经落实，终属于莫须有。但此事使本受"左"的思潮影响的他，却遭受了"极左"思想的伤害。在逆境中的知识分子，只要沉浸于学术研究中，仍能求得身心的解脱。1981年8月至10月，他写出了《碧野的创作道路》的初稿，长达十五万字；1982年4月修改后，由长江文艺出版社出版。碧野是一位引人注目的老作家，数十年如一日，矢志忠于党的文学事业，以对人民的满腔热忱和辛勤劳动，创作并出版了三十余部书。其中，长篇小说有九部，其余是中短篇小说、报告文学和散文集，约计五百万字。他不仅"多产"，而且"优产"。他是用生命的全部热力和激情进行创作的。他的作品不仅在国内受到广泛的好评，有许多还被译成英、日等文字。《碧野的创作道路》凡十章，全面地评述了碧野的生平与创作。他由一个"小奴隶""苦孩子"成长为著名作家，经历了漫长而严峻的路程。他的作品题材广泛，主题深刻，语言清丽文雅。涂怀章着重从"娴熟的小说技巧""精美的散文艺术""宝贵的报告文学创作经验"

和"有效的作家自我修养法"等方面进行系统的论述和探索，对后学具有重要的启迪作用。

1983年8月，涂怀章先生寄赠这部大著给我，并诚恳地希望我写一篇评论，以扩大其社会影响。我仔细地阅读过后，写出《作家研究的一个可喜成果》一文。记得当时写好评论之后，我是直接投稿给《湖北日报》的，不像当下要把写好的评论先寄给著作者征求意见。拙文两千余字，大约于11月份见报。后被选入当年的《中国出版年鉴》一书。我想，涂怀章先生大概是认同的。从此，我们有了较多的书信往来，友谊与日俱增。

涂怀章先生由于自己的才华与艰苦奋斗，结合教学实践，先后出版了《散文创作技巧论》《报告文学概论》等多部学术专著，又出版了散文集。他由副教授晋升为教授，硕士生导师；先后当选为武汉市作家协会副主席、湖北省文艺理论家协会副主席。1999年，担任《湖北新时期文学大系》编委，主编散文卷、报告文学卷。其间，他向我约稿，并嘱我多选几篇寄给他，以便挑选。拙作寄去后，入选两篇。他在来信中还高度肯定了拙作，给了我热情的鼓励和支持。一个作家遇到了知音，受到了奖掖，心中便涌出一缕幸福感……

1997年5月下旬，涂怀章与我有幸参加"中国文联采风团"湖北分团，深入到火热的三峡工程建设现场，历时七天，足迹踏遍了工地的每个角落，一边参观访问，一边进行慰问演出。在三十多个团员中，只有五名作家，其余都是著名的演员、表演艺术家、书画家和摄影家。每逢热闹场合，只有我们五人的心里有某种"失落感"。但宏伟的工程,沸腾的建设场景深深地激励着我们,三峡建设者的英雄事迹感动和教育着我们。这七天中的傍晚,我们常常在长江边快乐散步、倾心畅谈。有一次,涂怀章说:"作家的功夫在'后头',不在'现场',只要虚心学习,真心体验,能写出几篇好作品来,就是对三峡工程的宣传,对三峡建设者的回报。"短短数语,意味多多……这次采风活动结束后,我先后写出了几篇散文。其中,《龙口激浪》发表于《文艺报》,《三峡,飘出一道彩虹》发表在《中国文化报》等报刊。后来,还编著了一部《高峡出平湖》,由湖北少年儿童出版社出版,荣获湖北省优秀科普作品二等奖。回忆这一往事,至今还忘记不了怀章先生的鼓励与帮助。

2000年早春二月,我把编定的散文集书稿邮寄给涂怀章先生,请他作序。他爽快地答允了。在《序》的开头写道:"面对李华章先生的散文集《生命的河》,我的胸中忽然跃出一句诗:山高水远翰墨香(这就是《序》的标题)。""他描绘过无数的高山远水,他的笔墨始终散发着纯正的思想芳香,其艺术功力则是源远流长的。《生命的河》正是他人生与创作的写照……从内容上看,主要描述作者足迹所到之处的景、物、人、事,联想史实、轶事、掌故、知识、风俗民情,表达真实的认识与见解。全书无大话、无套话、无粉饰、无取宠,特别的质朴平实。可以说,这条'生命的河'没有任何污染,全是晶莹透亮的水流与浪花。从艺术上看,不浮不躁、不俗不腻,极为纯朴自然,显示出平易亲切的素质,达到了难得的高雅境界……"《序》写得较长,热情洋溢,期望殷切,表达出一位品格高尚而又学识渊博的"文学师友"的一份深情厚谊。

往事并不如烟。当我读到他的《回想五十年》一文,钦佩之情油然而生。他经历了新中国五十年的历程,虽遭遇坎坷,却成绩巨大。他既有容人的肚量,又对民族和祖国充满着希望、信心。"就个人而言,新中国教我识字,教我文学,培养我成长……尤其幸运的是,80年代初,遭遇某个小环境的打击迫害,立即得到中央党报和省市委的关怀帮助,化险为夷。党给了超出本人成绩的待遇和荣誉,大受鼓舞。回想50年经历,我将加倍努力服务于我的祖国!"

人生有最可珍贵的东西。四十多年来,涂怀章先生始终是我的益友、诤友,好像一颗无价的珍珠,永远闪亮在我的记忆中。

在宜昌二高

能在梦里浮现的人与事及地方,对做梦者而言总是念念难忘的、刻骨铭心的。那每个音容笑貌,那每个细枝末节,那每寸土地的角角落落,都留给人以深刻的印象与记忆,或时隐时现,或缠缠绵绵。平生曾写过《梦里的溆水》《梦里的昙华林》,而今又欲写一篇《在宜昌二高》。这三个梦贯穿我生命中的三个"节点":《梦里溆水》是写我考取溆浦一中上学的情景,在那里读完初中、高中六年;《梦里的昙华林》是写我考取华中师范学院,上大学路上惊心动魄的历程,在昙华林、桂子山,我勤奋学习了四年;而《在宜昌二高》则是一曲深沉的恋歌……

1959年9月4日,我溯长江而上,从华中师院分配到宜昌师专任教,心情如同金色的秋天一样爽朗而温润。宜昌师专位于东山的北山坡,居高临下,是1958年新建的一所大专学校。校门上的牌子是著名教育家徐特立题写的大字,秀丽而典雅,令人肃然起敬。可是好景不长,随着国家经济形势的困难,师专于1962年下半年"下马"(撤销)。教职员工恍如梦中,有的被留下,有的被分到宜昌二高,有的分到县(市)中学。那一天,行署杨专员一行莅临学校,握手送别,热泪盈眶,真有古典诗词中

"杨柳依依"之意境。

坐落在镇境山（今镇镜山）的宜昌二高，系全省十八所重点中学之一，1954年建校后，声名显赫，好似一块金字招牌闪耀在西陵峡口。论山高，镇境山区区一百多米的海拔。古人云："山不在高，有仙则名。"镇境山的"仙"，不在于它曾是道教圣地，山上建有元帝庙，而古庙早已废毁，无影无踪，知之者极少。我以为，镇境山的"仙"，是靠二高师生在岁月中塑造出来的。不得不说，行署领导特别有眼力，凭借滚滚长江之气势，"大江东去，浪淘尽，千古风流人物"，凭借三峡出口江面之宽阔，给人平添了宽广的视野，在峡口这片平坦的农田上兴建了这所宜昌行署直属高中。接着在这里又屹立一所宜昌地委党校，与二高隔田垅相望；与学校大操场毗邻，又搬来一所宜昌县高，可谓莘莘学子云集，人才荟萃。每天，琅琅书声在天空飘扬；每天，生龙活虎的身影在田野上茁壮！

我在宜昌二高工作了九年，学校除一栋教学楼是三层灰砖楼外，每层六个教室，其余清一色的平房。我住的宿舍是一溜儿简易平房，约九平方米，地上是泥巴地，高低凹凸不平；没有天花板；一床竹席还烂了一只角。墙是篱笆墙，隔壁是小卖部，隔墙不隔音，窗下的书桌四只脚是用砖块垫平的。现在想来，自己是可以稍加改善的。但当时没有关心这些物质条件，一心扑在教学上，把青春全部献给党的教育事业。那一股子心劲也是形势逼迫出来的。倘不用功就落后，不拼搏就没有前途。刚到二高，分配我教两个毕业班，占全部毕业班的三分之一，重担在肩，也不应辜负学校的厚望。当时，语文课本中古典文学占的比例大。教古文，必须做到"字字落实，句句过关"，非有扎实的基本功不可。在华中师院读书时，古典文学开课多达三年，一本《康熙字典》与《四角号码字典》被我翻得破烂，得亏下了点苦功夫。后来，担任班主任，只教一个班语文。一直教到"文革"时期……

宜昌二高的金字招牌能够多年闪闪发光，一靠好生源，学生是从九县一市统考择优录取的；二靠教师水平高，大多是从各县遴选出来的尖子，年纪大的是校长、教导主任级别的，青年教师都是名牌大学毕业生，或从高校支援而来的，不仅要有学问，还要有口才；三靠配备优秀的校长。当时，二高是女校长，姓金名微云，年刚不惑，有眼光，有魄力，事业心强，又有"伯乐"精神。据说，金校长上任时曾向行署有关领导提出要求，校长要有"人事权"。照现在的说法，实行党领导下的校长负责制。当时，我见证过两位青年教师的调动，一位是华中师院毕业生，业务水平低一点儿；一位是武大数学系毕业生，因广东口音浓重，教学效果差，均被调走，而且不是等一个学期结束，是在学期中就调离，毫不留情面。她说，二高不是实验地，不能等教师慢慢提高，那样就耽误了学生的前途，这是大事。二高的升学率高达百分之九十以上。在社会上流传有一句话：学生一踏进二高，就等于一只脚踏进了大学的门槛。

金校长尊重教师、尊重人才。如数学教师李其木，个子一米九以上，普通架子床嫌短，金校长专门请木匠打一张特制床。另一位数学老师陈长泰，华中师院毕业后留校，被打成"右派"，下放到宜昌师专，调二高后，课堂上解方程式，可讲出多种解法，大大地开拓了学生思路，金校长很器重他；语文教师老符，在华中师院也被打成"右派"，调来二高后，讲课简明清晰，朗读声情并茂，批改作文妙笔生花，金校长特别看重他，一直安排教毕业班。教职员中私下有议论，怕影响学生的思想进步，金校长特意把女儿放在他教的班上。有一次调整工资，把我们几位家庭成分不好的教师提级了，而有的党员因教学水平差未给升级。曹文安老师毕业于武大中文系汉语言文学专业，有次上课，把一个"之"字整整讲了一节课，学生听得津津有味。金校长听说后，找他谈话，既批评了他，又要求他讲课要简明扼要，通俗易懂，不能炫耀学问、卖弄知识。同事们担心他受处分，但这件事就这么有惊无险地过去了。再如，徐圣熙老师是华中师院历史系七级讲师，当过古代史教研室主任，下放到草埠湖农场，从师专分来二高，他曾对我说，"读古文犹如读白话文"。他讲历史课口若悬河，循循善诱，且风趣幽默，金校长十分尊重他，学校新修了一栋教工宿舍，优先安排他搬进新居，《二十四史》等书堆满了屋……

宜昌二高重视培养学生德、智、体、美、劳全面发展。每个学期都安排师生去农村劳动锻炼，如到草埠湖农场参加麦收；到宜昌县参加秋收；到小溪塔参加救灾，扶正被冰雹打倒的秧苗；到前坪、绵羊洞生产队帮助种菜、薅草；参加修筑东山大道，等等；少则二三天三五天，多则十天半个月。平常，要求全校师生参加早操，三分钟集合，站队一条线，即"三点一线"。经常开展各项丰富多彩的文体活动，举办球赛。镇境山二高"团结紧张严肃活泼"的方针，蔚然成风。

对一个教师而言，最欣慰的是"桃李满天下"。在二高九年，我教了完整的三个班，其中有一个班毕业时，全国停止高考招生。这一百多个学生由于他们个人天赋和努力奋斗，有毕业于中国人民大学的、中国地质大学的、武汉大学的，有的当了武大教授、中国地质大学教授，有的当了华中师院教授、校长助理，有的当选市政协副主席，有的当了总经理、银行行长，有的当了区委宣传部部长，等等，还有不少学生在党政部门、文化卫生新闻单位工作，或在中学任教，也有在底层工作了一辈子的。最难忘的有两位同学，一个是语文课代表杜伍祥，他文章写得漂亮，笔锋犀利，文采斐然，不在我这个老师之下，可谓"青出于蓝而胜于蓝"，却不幸被一场洪水夺去了他十八岁的生命。另一个是何小兰，她作文差，常挨我的批评，毕业后在食品公司卖肉。在物资凭票供应的当时，有一回，她上门送来几根大筒子骨（紧俏之物），红着脸交给我，令我非常感动。她不记恨老师的严厉批评，真有"一日为师，终身为父"之真情。这些在底层工作的学生，一个个都是高尚的人，纯粹的人，永远记在我的心里。

镇境山麓松柏成片成林，山顶上却很少有树木。上山的路有好多条弯弯曲曲的羊肠小道，原本没有路，走的人多了才有了路。登高可以望远。俯瞰，山下阡陌纵横，田野青青，洋溢出丰收的希望；眺望远方，峡口风景如画，三游古洞如诗；面前的江水碧绿，葛洲坝石滩五光十色。有一次，我看到一位女领导干部身穿黑色衬衫，头戴斗笠，脚步矫健地带领许多人登山，她就是国家水电部部长钱正英。远远凝视她的背影，我敏感到镇境山将有大的变化。1970年12月26日，江滩上一声炮响，吹响了向葛洲坝进军的号角！

宜昌二高随着葛洲坝水利枢纽工程的兴建而搬迁，宜昌二高也易名成宜昌市二中。昔日的二高已融入西陵峡口的大城之中。宜昌二高的名字成了历史。今天，当我路过镇境山的时候，那一草一木，一砖一石，那悠远的钟声，却已成了回忆。那一个个姓名与不同的个性，依然有声有色地浮现于眼前，犹如在梦中。

2022年2月28日于三峡荷屋

最忆桂子山

在武汉东湖与南湖之间，耸立着逶迤的桂子山，苍松翠柏，郁郁葱葱，桂花飘香，芳草萋萋，高楼林立，书声歌声萦绕其间，她瑰丽于华中，闻名于中华。1953年由原中华大学、中原大学、文华书院等院校，重新调整、组建成华中师范学院（今华中师范大学）。经历了一个世纪的风雨沧桑，从昙华林到桂子山，发生了翻天覆地的变化。

1955年的金秋季节，我怀揣一封华中师院中文系的录取通知书，穿越弯弯山路，从天色未亮走到太阳落山，大舅挑着一口木箱、一床棉被，我紧跟在后，赶到资水边烟溪镇码头的小客栈落脚。次日清晨，我独自乘坐木驳子船，顺资水而下，白天惊看滚滚浪涛，夜晚上岸，辗转三天三夜抵达益阳；而后转坐小火轮漂过洞庭湖；再从长沙乘火车至武汉。千千迢迢、风风仆仆地从湘西溆浦扑进了桂子山的怀抱……

在桂子山的日子里，我和许许多多的同窗学友一样，冒着烈日，迎着雨雪，每天沿着曲折的校园小路执着而坚定地奔走，宿舍、教室、图书馆、食堂"四点一线"，日复一日。四年寒窗，孜孜苦读，上课记笔记、下课对（同学之间对照补充）笔记、考试背笔记，还要挤出时间读中外经典、做读书卡片、听学术讲座。四年来，难忘岁月中的那股勃勃朝气，难忘那些谆谆教导我的辛勤园丁，难忘他们一次次授业、答疑、传道的感人情景。至今我仍旧记得：教先秦文学的石声淮（钱基博先生女婿）先生，学术精深，满腹经纶，可惜有点口吶，不善于表达；教唐宋文学的谢善继先生，讲义完整系统，但囿于照本宣科；教元明清文学的方步瀛先生，学识渊博，可口音太重，开始难以听懂；教古汉语的邵子风先生，术业有专攻，听邵先生讲授中原音韵，如听"天书"，格外费力；教现代汉语的高庆赐先生，一口普通话，流畅动听；教现代文学的许清波先生，声音洪亮，激情澎湃，诗人本色；教外国文学的王忠祥老师，年轻有为，知识丰富，几分幽默，别有风味，分析堂吉诃德、高老头、汉姆莱特、罗亭等人物形象，活灵活现；胡雪先生的翻译著作颇丰，令人钦羡；教语言学的杨潜斋先生，勤于学习，苦学俄语，讲义不断"吐故纳新"，即使生搬硬套也顾不得了；教当代文学的王庆生老师，讲课慷慨激昂，富有鼓动性，感人至深；黄曼君老师讲起郭沫若的《女神》来，犹如站立于地球上放歌，声情并茂，一股浪漫主义气息扑面而来；韦卓民先生学术成就卓著，教形式逻辑，通畅明白，言谈举止，风度翩翩……最难忘的还有著名教育家杨东莼院长，满头银发，儒雅和蔼，有一次见我衣服的风纪扣未扣，他微笑地用手一指，并帮我扣上，"做教师要为人师表，须从小处做起。"我一脸通红，为之肃然起敬。最遗憾的是，我没有听过王凤先生精彩的中国现代文学课,那时,他已被打成了"胡风反革命分子"……这些来自中国传统文化与西方文化人本思想的系统而完整的文学教育,给予我们深刻的影响,培育了一颗颗仁爱和美的心灵。这些师长都是我崇拜的偶像,生命中忘不了的记忆最数师恩,我永远感恩于他们……

那四年,在昙华林、桂子山,我们既经历过阶级斗争中大风大浪的惊心动魄,也体验着高等学府的书声、歌声、舞蹈、劳动的五彩缤纷;1956年"向科学进军"的号召,极大地振奋了桂子山年轻学子的心。多少次我曾仰望星空,情不自禁地高呼:"青春万岁"!南湖月下,留下了我无比憧憬的青春之梦。我把北宋文学大家欧阳修的"立身以力学为先,力学以读书为本",当成了座右铭。桂子山啊,是您给了我知识,给了我思想,给了我力量,给了我文学的梦想。这也许是我人生中最值得回忆的最美好的上进状态与年华。

1959年金秋,我毕业走向生活的征程后,经历了"三年困难"的饥饿和痛苦,在宜昌师专教学之余,重温华中师院中文系所学的文学知识,偷偷地学习创作与评论。后来,在《长江文艺》(1964年4月号)发表了处女作《且说艺术欣赏》,至此激发了我的创作热情。可是,一场"文化大革命",致使我被迫停止了八年的业余创作。但凭着梦想的力量,终于在1971年底,我跻身于文坛,开始了文学创作生涯。1980年加入湖北省作家协会;1990年加入中国作家协会;1995年加入中国散文学会,并当选为理事。先后出版散文随笔集《绿韵》《湘西,我的梦》

《生命的风景》《人生四季》《文苑漫步》《李华章散文选集》等二十部，出版少年儿童作品集《高峡出平湖》《中华三伟人的故事》《中国的脊梁》《三字经故事精选》等十二部，还多次荣获湖北省及全国文学大奖。有的集子还多次重印，印数最多的达二十万册。

合著的作品有《鲁迅论文艺》《桃花鱼赋》《长江三峡》《巫山神女》《百鸟衣》《望夫石》等十余部，本人主编的作品更是多达三十多部。还荣获首届"中华精短散文大赛"奖，首届全国旅游散文大赛金奖，第二届"漂母杯"等四十余次。其中有作品入选《中国新文学大系》散文卷（1976—2000年）、《中国新时期抒情散文大观》、《中国当代散文精选》、《中国现当代散文三百篇》、《中国当代美文三百篇》、《中国散文集萃》、《现当代精美散文品读》、《湖北新时期文学大系》（散文卷、儿童文学卷）、《2003年我最喜爱的中国散文100篇》、《中国散文百家谭》（续编）等三十多种选本；还有的作品被翻译成韩文在韩国出版。

金秋十月，华中师大举办110周年校庆盛典，我荣幸地被邀请赴会，心情十分激动。无论过去了多少年，我都永远怀念这个最美的绿色摇篮，永远感恩哺育自己成长的辛勤园丁。正是他们尽情地燃烧自己，才无私地照亮了我们。桂子山啊，我心中永远的桂子山！

"左撇子"

小时候，我习惯用左手拿筷子吃饭，因"左撇子"这事，没少挨过父母的训骂。一家人围坐在八仙桌旁吃饭，我只能选择靠左边的一角位置，否则，常常跟人家的筷子打架。走亲戚做客时，谁要是发现我是"左撇子"就会说，"哎呀，乖弟弟怎么是个左撇子？"口气中不无遗憾似的。此时此刻，只有年长的亲戚马上打圆场："怎么，你没听说，左撇子人聪明，将来说不定比别人有出息哩！"听了这番话，在我幼小的心灵里好生感激，暗地里对未来抱有一丝美好的希望。

"左撇子"毕竟为数少，少见多怪的惊讶是难免的。在中学寄宿的那几年，我下决心改了过来，摘掉了这顶"左撇子"帽子。

谁料得到，我在武昌桂子山上大学的末期，突然一夜之间，心血来潮，又倒退回儿时的"左撇子"。记得那是"三年困难时期"，吃不饱肚子的传闻在悄悄地刮起，学生食堂中间摆着的几只盛饭的大木桶开始发生"木桶的风波"。有时好多同学围着木桶抢着盛饭，人高体壮的同学就占便宜，他们有力气挤，能盛到冒尖尖的一满碗饭；而个子矮、力气小的我辈，若是动作稍慢一点，就有可能盛不到饭，就是刮刮桶底，也装不满一碗。古训："人以食为天。"有了几餐肚子吃不饱的经验教训后，我便又下决心复旧，"左撇子"是天生成的，动作灵便娴熟，右手是后来改变的，比较起来自有快慢之分、灵便与迟钝之分。既然"左撇子"叫出了名，有时也练习用左手写写字，意料之外的是，用左手写出的字还像回事儿，赢得了同学的一阵喝彩，产生出一种"左撇子效应"。在大学的后两年，我担任了班里的学习委员。

我这个"左撇子"在体育活动方面，也自有一般同学所没有的方便处。比方说，我可以用右手掷标枪，又可以用左手投手榴弹；打排球用右手扣球；打篮球又用左手投篮，两只手能各自选择不同的项目，有左右开弓之妙。兴许也算是"左撇子"的优势。由自身我联想到，人与人之间更是各有所长，只有取长补短，才能齐心协力，配合默契……

在生活中即使"左撇子"是少数，也不难觅得知己。我中学、大学期间有一位"左撇子"学友。我们同是湘西的儿子，同喝一条豆绿色的㵲水长大，一同录取到华中师院，他秉性聪明，脑子灵光，口齿伶俐，三言两语，才华毕露。他姓聂名亦舜。一次，同学们开他的玩笑说："哎，我们都有两只耳朵，唯独你有三只耳朵，为什么？"我以为，这一定会难住他，可不，他灵机一动："是呀，我姓聂，当然比诸位多一只耳朵，有什么奇怪的！""多的那一只耳朵长在哪儿？"他马上一指太阳穴的位置："在这里呀，它在倾听未来……"同学们哄然一笑，对他这个幽默回答，无不折服。事后，我才知道，他的这个幽默并非自己的发明创造，不过是鹦鹉学舌而已。当年，智利著名诗人聂鲁达来华访问，艾青同他开玩笑，聂鲁达做过同样的幽默回答，引起在座者的赞赏。

学友聂亦舜也确有比别人高明的地方。一般人的学习方式不过是上课记笔记，下课整理笔记，考试背笔记，成天忙忙碌碌，紧紧张张；若遇到教授是两广人、福建人，讲话难懂，笔记难记，课后互相对照补充，几乎手忙脚乱。可他不一样，下课后泡在图书馆阅览室，甚至在自习时间偷偷进城看一场新电影，学得轻松，活得潇洒，令人羡慕，也招人议论。对于别人的说三道四，他并不在乎。每次考试结果，他的成绩总是中等，不好不坏。兴许，"舜者，古之圣人也"。亦舜，是不是亦有圣人之风？我好多次都纳闷。

师院毕业后，各自奔赴生活，一东一西，开初知道他分配在老苏区红安教中学，后来又调回湘西家乡教中学，中间断了联系。事过多年我还常常回忆起"左撇子"学友的一些轶事。大前年回家，特意去看望他。见面后真有叙不完的旧情旧谊。"相见时难别亦难。"他带着羡慕的口气说："人世沧桑，这许多年，还是你坚持业余创作，埋头笔耕，出版了书，不枉学了四年的文学系啊……"

"哪里，哪里，见笑了。是火热的生活养育了我……"我惭愧地回答他。

"还是高尔基说得对，'天才出于勤奋'。在事业上靠耍点小聪明是无济于事的。仅凭小聪明是不能成就大事业的……"学友老聂的这番话，发自肺腑，给我以警醒！我忽地又想起同学们的玩笑话来，"亦舜者，亦似有圣者之言也"！

那是一个夏夜，故乡的月亮很圆很圆。我们走在弯弯的潋水河边，回首当年大学的往事，不禁感慨万千……

（原载《湖北教育报》1991年10月，《中国校园文学》1991年10期）

抒写一个人生命的风景（跋）

在中国现当代作家中，许多人都有在作品集后写一篇"后记"或"跋语"的习惯。比如周作人先生就有一部《知堂序跋》，凡223篇；谢大光先生亦出版一部《谢大光序跋》等。自然也有例外，比如吴泰昌先生的新著《我想和岁月谈谈》就没有"后记"与"跋语"。而我的几十部作品集后都写有"跋语"，一来在"跋语"里向读者朋友交代几句集外的话；二来可对出版社、责任编辑的辛勤付出表示衷心的感谢。如今，正规出版一部书谈何容易！

着手编写这部《册页上的记忆》，前后费了一年多时间，现在总算完成了，觉得很是愉快，仿佛了却了一件心事。收入本书的六十多篇作品，分为"乡情集""怀人集"与"过往集"等三集，没有按时间先后排序，而是以类相从，以利于读者朋友检阅。这些作品大都是已公开发表过的，散见于《散文》《散文海外版》《散文选刊》《中华散文》《散文百家》《北京文学》《长江文艺》《长江》文学丛刊《雨花》与《人民日报》

《文艺报》《湖北日报》《深圳特区报》《湘声报》等报刊，也有近两年在《文学教育》《大湾》，文学杂志《阅读时代》《武汉文史资料》《湖南日报》《三峡日报》《三峡晚报》《怀化日报》等报刊发表过的，以及被中宣部"学习强国"等新媒体发布过的，大多是地域性与传记性的书写，具有个人生命史的情感价值与文学史的史料价值。

大而言之，中国的"根"在乡村。而我的"根"也在乡村。"乡情集"就是书写家乡的人与事，既记录了一个人的心路历程与心境变化，也从侧面反映了那个时代。"怀人集"的文学前辈和师友，为我们树立了良好的榜样。榜样的力量是伟大的。那点点滴滴的回忆都值得深深的品味。但归根到底，中国新时代文学的未来是属于年轻一代的。"过往集"的零星碎片，记录了人生的种种亲历与感悟，一个人不要忘记过去的沉重与艰辛，不要忘记来路的辛酸与泪水。好的文学将带给人们克服艰难的坚韧力量与奋进信心。

岁月无情，匆匆而去。人虽老了，但文学不老。一个作家只要笔耕不辍，就是美好的、幸福的，也是欣慰的……

最后想说，本丛书的主编向继东先生是一位资深编辑、著名随笔作家，曾经是《湘声报》副刊部主任，著有《生活没有旁观者》《思想的风景》等，连续几年为中国作协编选《名家随笔精品》《中国杂文年选》《中国杂文精选》《中国文史精华年选》等选本。退休后，他被广东人民出版社聘为策划编辑。他既是我的溆浦同乡，也是我的良师益友。在此，谨对北岳文艺出版社与继东先生表示最诚挚的谢忱!

李华章

2024年6月20日于三峡荷屋

香雪文丛书目

刘世芬《毛姆VS康德:两杯烈酒》

夏　宇《玫瑰余香录》

汪兆骞《诗说燕京》

方韶毅《一生怀抱几人同——民国学人生平考索》

王　晖《箸代笔》

周　实《有些话语好像云朵》

魏邦良《传奇不远——一代真才一世师》

刘鸿伏《屋檐下的南方》

苏露锋《士人风骨》

高　昌《人间至味淡于诗》

邢小群《回首来时路》

赵宗彪《史记里的中国》

陈　虹《替父亲献上一束鲜花——陈白尘与他的师友们》

吴心海《故纸堆里觅真相》

李华章《册页上的记忆》

// 集木工作室

投稿邮箱：jimugongzuoshi@163.com
微信公众号：集木做书